Ancrées dans le Nouvel-Ontario, les Éditions Prise de parole appuient les auteurs et les créateurs d'expression et de culture françaises au Canada, en privilégiant des œuvres de facture contemporaine.

Éditions Prise de parole
C.P. 550, Sudbury (Ontario)
Canada P3E 4R2
www.prisedeparole.ca

Nous reconnaissons l'aide financière du gouvernement du Canada par l'entremise du Fonds du livre du Canada (FLC), du programme Développement des communautés de langue officielle de Patrimoine canadien, et du Conseil des Arts du Canada pour nos activités d'édition. La maison d'édition remercie également le Conseil des Arts de l'Ontario et la Ville du Grand Sudbury de leur appui financier.

Canada

Moncton mantra

Du même auteur

Comme un otage du quotidien, Moncton, Éditions Perce-Neige, 1981.

Géographie de la nuit rouge, Moncton, Éditions d'Acadie, 1984.

avec Herménégilde Chiasson, « Précis d'intensité », Montréal, revue *Lèvres urbaines* n° 12, 1985.

Lieux transitoires, Moncton, Michel Henry Éditeur, 1986.

L'extrême frontière, Moncton, Éditions d'Acadie, 1988.

Les matins habitables, Moncton, Éditions Perce-Neige, 1991.

Complaintes du continent, Moncton et Trois-Rivières, Éditions Perce-Neige et Écrits des forges, 1993.

Amazon Angel, traduction de *Ange Amazone* de Yolande Villemaire, paru en 1982, Toronto, Guernica, 1993.

avec Jean-Paul Daoust, « De la rue, la mémoire, la musique », Montréal, revue *Lèvres urbaines*, n° 24, 1993.

Éloge du chiac, Moncton, Éditions Perce-Neige, 1995.

Méditations sur le désir, Moncton, livre d'artiste avec Guy Duguay, Atelier Imago, h.c., 1996.

Moncton mantra, Moncton, Éditions Perce-Neige, [2008] 1997.

Je n'en connais pas la fin, Moncton, Éditions Perce-Neige, 1999.

avec Claude Beausoleil (choix et présentation), *La poésie acadienne, une anthologie*, Moncton et Trois-Rivières, Éditions Perce-Neige et Écrits des Forges, 1999.

Le plus clair du temps, Moncton, Éditions Perce-Neige, 2001.

Géomancie, nouvelle édition, dans la collection Bibliothèque canadienne-française, des recueils *Comme un otage du quotidien* (1981), *Géographie de la nuit rouge* (1984) et *Lieux transitoires* (1986), Ottawa, Éditions L'Interligne, 2003.

Techgnose, Moncton, Éditions Perce-Neige, 2004.

Poèmes new-yorkais, Moncton, Éditions Perce-Neige, 2005.

Gérald Leblanc

Moncton mantra

Roman

Bibliothèque canadienne-française
Éditions Prise de parole
Sudbury 2012

Œuvre en page de couverture : Thomas White, *Gérald Leblanc à sa table de cuisine sur la rue Archibald*, photographie, 1985.
Conception de la page de couverture : Olivier Lasser.
Imprimé au Canada.

Diffusion au Canada : Dimédia

Catalogage avant publication de Bibliothèque et Archives Canada
Leblanc, Gérald, 1945-2005
Moncton mantra / Gérald Leblanc. – 3e éd.
(Bibliothèque canadienne-française) Publ. aussi en formats électroniques.
ISBN 978-2-89423-282-8
I. Titre. II. Collection : Bibliothèque canadienne-française (Sudbury, Ont.)
PS8573.E326M65 2012 C843'.54 C2012-905106-3

Leblanc, Gérald, 1945-2005
Moncton mantra [ressource électronique] / Gérald Leblanc. – 3e éd.
(Bibliothèque canadienne-française) Monographie électronique. Publ. aussi en format imprimé.
ISBN 978-2-89423-473-0 (PDF). – ISBN 978-2-89423-532-4 (EPUB)
I. Titre. II. Collection : Bibliothèque canadienne-française (Sudbury, Ont. : En ligne)
PS8573.E326M65 2012 C843'.54 C2012-905107-1

ISBN 978-2-89423-282-8 (Papier)
ISBN 978-2-89423-473-0 (PDF)
ISBN 978-2-89423-532-4 (ePub)

à Herménégilde Chiasson

Only half the story is true. The rest is necessary,
like clouds on a cloudy day.
– John Yau

Préface
Le mémorable mantra de Moncton

Moncton est une prière américaine, un long cri de coyote dans le désert de cette fin de siècle[1].

Relire *Moncton mantra* de Gérald Leblanc à 14 ans de distance ramène bien des souvenirs et autant d'événements qui ont marqué nos vies avant et après la publication de ce roman, qui se lit beaucoup plus comme une chronique que comme une fiction où le romanesque l'emporterait sur le réel. La situation où je me trouve procède aussi d'un certain malaise, puisque l'amitié qui me lie à Gérald fait en sorte que cet éloignement dans le temps se voit plus ou moins bousculé par l'impossible distance à mettre en place pour donner une perspective à la littérature et me permettre de l'aborder comme art et non comme confidence, comme c'est le cas pour moi ici.

Le fait que ce livre me soit dédié, le fait que j'y apparaisse et aussi que j'y reconnaisse la plupart des protagonistes n'aide pas à simplifier un travail que je trouve difficile à zoner, mais dont je reconnais la grande et nécessaire importance. Importance due au fait que ce livre est le témoignage d'un climat, d'une époque et

1 Gérald LeBlanc, *L'extrême frontière*, Moncton, Éditions d'Acadie, 1988, p. 161.

d'un parcours qui fut celui de plusieurs écrivains de ma génération. Importance aussi pour comprendre l'œuvre de Gérald et, surtout, la toile de fond sur laquelle elle se profile, qui fut celle de l'Acadie de la modernité. On pourrait même établir, à partir de ce roman, une sorte de portrait-type des écrivains acadiens des débuts, notre provenance de milieux modestes, notre volonté par des circonstances imprévisibles et inexplicables à rejoindre le monde des livres en dépit des embûches d'un milieu indifférent et parfois hostile à cette entreprise.

Moncton mantra est un roman à clés qui, sous bien des aspects, rappelle *On the Road* de Jack Kerouac. L'éditeur de Kerouac, qui craignait d'être poursuivi par des personnages qui se seraient reconnus, avait suggéré à Kerouac d'aller voir ses modèles pour les avertir et leur demander la permission de figurer dans ce livre, qui deviendra l'un des textes-phares de la littérature américaine. La structure de *Moncton mantra* est aussi, comme *On the Road*, une sorte de roman de la route constitué de divers situations, personnages, réflexions, états d'âme, reliés par les propos d'un narrateur omniprésent, qui se fait guide et confident dans cet univers qu'il connaît bien. Ce type de mise en situation date sans doute de l'*Odyssée*, le premier livre du genre.

Le voyage auquel nous sommes conviés dans *Moncton mantra* commence à l'Université de Moncton où le narrateur, Alain, va s'inscrire, dans l'espoir qu'un séjour dans cette institution sera bénéfique « à [s]a tentative de mettre au clair certaines questions quant à [s]on statut d'éventuel écrivain ». Ce périple se terminera, après bien des péripéties, au moment où il reçoit ce livre, un livre qui se veut la somme de tous les personnages évoqués et qui se présente comme élément essentiel à la création d'un destin et d'une vision dont il perçoit la manifestation et l'énergie dans l'objet qu'il tient entre les mains. «Je reconnais que j'émets une vibration personnelle imprimée d'une culture qui se fond dans l'immense océan de la conscience.»

Ce parcours de 26 ans coïncide avec celui de la littérature acadienne, si l'on compte que le premier livre publié en Acadie date de 1972, moment d'ailleurs relaté avec enthousiasme dans le livre, événement fondateur d'une histoire à laquelle Leblanc a été intimement lié. Ce roman, commencé l'année de son entrée à l'Université de Moncton, va effectivement devenir une sorte de mantra, une présence constante, un compagnon de route: chaque fois qu'il se déplace, il l'apporte avec lui dans le but de poursuivre un travail incessant auquel il ne semble pas y avoir de conclusion. En fait, j'en étais venu à croire que ce roman constituait lui-même une sorte de fiction et, le jour de son lancement, j'avais peine à croire qu'il avait abouti, qu'il était devenu un livre. Son propos très autobiographique est sans doute lié au journal que l'auteur a tenu depuis son adolescence. «Le plus souvent je note des incidents, même les plus anodins, en me disant que je découvrirais peut-être une logique à mon existence en me relisant.»

Cette logique me semble être celle de *Moncton mantra*. Cette structure erratique ressemble beaucoup à la vie et à l'«existence», pour reprendre le mot de Gérald, qui ont marqué l'auteur et son œuvre. L'errance est une notion qui habite depuis toujours la persona du peuple acadien et c'est un concept auquel nous nous étions alors identifiés. Je dis alors, car un peu plus tard, la notion de territoire devait devenir beaucoup plus centrale à nos préoccupations, surtout en relation avec la diaspora qui, selon nous, justifiait le drame de la déportation. Cette errance, c'est aussi celle d'une vie. Je revois Gérald, sa figure sur un trottoir en bordure d'une rue reliant les parcours habituels où il se produisait – car sa présence, qui me rappelle celle de Miron, ne pouvait faire autre que d'attirer l'attention.

L'oralité, le plaisir évident qu'il prenait à parler, aura fait de lui un auteur dont la parole déborde largement celle, parcimonieuse et mesurée, qu'il inscrivait dans ses livres. Même *Moncton mantra*, dont il nous a si souvent parlé, se proposait comme une somme, un ouvrage dont l'ampleur nous plongeait dans une monumentale et interminable expectative. La modestie relative du volume qui en résulta est sans doute importante, mais ne saurait se mesurer à l'anticipation à laquelle le discours nous avait préparé. Cette importance de l'oralité est d'ailleurs évoquée par l'auteur dans le roman même, comme une dimension dans laquelle il s'investit énormément, ce qui a pour effet, selon lui, de le distraire de l'écriture.

Il est assez intéressant de constater que le roman débute bien avant les années 70, en fait au sortir du High School à St-Jean au Nouveau-Brunswick, où Alain termine ses études secondaires. C'est alors qu'il entre en contact avec Xavier Roy, qui lui se prépare, à Harvard, à devenir écrivain philosophe et avec qui le narrateur va entretenir une très longue correspondance. Il y a quelque chose de légendaire dans ce parcours rappelant celui de Kerouac et sa longue remontée vers l'écriture, se bricolant des éléments d'une formation qui ne peut être qu'autodidacte. Xavier est un Américain né de parents acadiens et qui, de ce fait, a été francophone jusqu'à l'âge de six ans. Son intelligence et son amitié vont fasciner le narrateur, car Roy a des idées très claires sur un certain nombre de sujets, dont l'Acadie qu'il associe à une forme de folie. Cette rencontre, le séjour à Boston qu'elle va entraîner et l'ouverture intellectuelle qu'elle va enclencher vont profondément marquer la volonté du narrateur de s'investir dans l'écriture. « Je tente de mettre en mots ce que je ressens à propos de ce qui se passe. » Ce questionnement sur les grands enjeux de sa génération va amener le narrateur à se diriger vers l'université dans l'espoir d'y trouver réponse.

À l'université, il rencontre Monique LeBlanc par l'entremise des livres, et Robert Landry, écrivain dont il valorise énormément le jugement, ainsi que quantité d'autres qui, comme lui étudiants, proviennent de villages dispersés sur le territoire de l'ancienne Acadie et qui se sont retrouvés dans le même lieu pour y poursuivre une aventure similaire. Il y a déjà alors, chez Alain, l'expression d'une volonté d'écriture, dont les fondements remontent à l'adolescence. Autour de lui, la présence de l'Acadie comme une sorte de rumeur intuitive se précise dans le discours alors que s'amorce le débat sur la langue : déjà se profile l'ambiguïté du français standard, du code universel confronté au chiac, le registre affectif et familier de la langue. C'est un débat auquel Gérald va énormément contribuer, débat auquel tout écrivain du sud-est de l'Acadie se voit confronté, une grande partie des jeunes écrivains donnant priorité à la langue vernaculaire.

En ce début de décennie des années 70, tout n'est encore qu'à l'état de symptôme. Robert, l'écrivain, dira à Alain qu'il « faut écrire vaille que vaille », sorte de *primo vivere* de la littérature acadienne. Dès les premières pages se trouvent aussi la dimension ludique, la liberté sexuelle et la présence de la drogue, qui occupent alors une grande partie du temps et redirigent l'énergie créatrice vers le corps, autre dimension centrale à l'œuvre de Leblanc et dont on trouve la manifestation dans toute sa poésie. Tous ces thèmes seront développés au cours du roman avant d'aboutir à leur conclusion, soit celle du livre comme élément fondateur et essentiel du discours.

Il va sans dire que le thème central de cette écriture, celui qui donne son ambiance et son atmosphère au roman demeure celui de Moncton, comme ville, comme espace et toile de fond. Le Moncton de Leblanc a toujours été celui de la marginalité et d'un certain malaise existentiel. En ce sens, il marque une diversion avec l'écriture de deux autres auteurs ayant marqué la littérature acadienne des débuts. Pour Raymond LeBlanc, Moncton est un lieu aliénant tandis que pour Guy Arsenault, Moncton est un lieu qui peut paraître aliénant de l'extérieur mais qui, de l'intérieur, est un lieu comme un autre. C'est vers cette seconde option que va s'orienter l'œuvre de Leblanc, misant sur le quotidien assumé et sur l'amour comme lieu de poésie pour faire de Moncton un espace où le bonheur est possible. Excepté que le roman nous présente un lieu où la solitude et les échecs amoureux semblent se multiplier pour se confondre à ce paysage qui prend de l'ampleur et de l'importance par le fait qu'il s'y construit parallèlement une nouvelle conscience.

Leblanc a souvent affirmé que l'élément francophone constituait l'âme de Moncton, que si elle perdait cette composante, la ville n'aurait pas plus de prestance que n'importe quelle autre petite ville nord-américaine. Moncton fut toujours pour lui un lieu d'inspiration, qu'il résumait dans cette boutade voulant qu'il n'y ait pour lui que deux villes au monde : Moncton et New-York. Cet endossement, on le trouve aussi dans le roman alors qu'il associe le nom de Moncton au mot mantra, un terme dévoué à la prière et dont les bienfaits sont dus à l'insistance, à la répétition et à la concentration de certaines syllabes répétées. Cette affirmation, on la trouvera dans d'autres textes mais jamais autant que dans ce livre où la ville devient son lieu de prédilection, un lieu, comme il me le disait, dont il appréciait la tension. De fait, Moncton constitue une sorte d'anomalie en ce qui a trait non seulement à la littérature mais à la culture acadienne en général. Le fait que la plupart des institutions majeures de l'Acadie s'y trouvent et que la vie culturelle y est plus intense et conséquente qu'ailleurs semble se confronter au statut bilingue de la ville, à cet espace dans lequel les francophones ont été ghettoïsés et défavorisés, pour ne pas dire méprisés. Reste que c'est là qu'a pris forme la conscience moderne et urbaine de l'Acadie, une conscience qui s'affirme à l'échelle mondiale et qui donne à Moncton ce visage hybride où les francophones sont de plus en plus présents et d'où l'Acadie s'exporte.

Moncton mantra est un livre essentiel et incontournable pour connaître le climat et l'ambiance de cette ville, mais surtout le fait d'y être francophone et de vouloir y promouvoir une culture malgré les embûches et les contraintes tant personnelles que culturelles. Ces deux pôles d'attraction constituent le moteur principal de cette écriture, sa contradiction essentielle, se déplaçant du trivial à l'historique en proposant un regard éclairant sur une époque anarchique et mouvementée où la drogue, le sexe, le savoir, le politique, l'errance et leur expression dans les arts constituaient un mélange explosif dont l'élan continue de nous atteindre. Il en résulte, cela est certain, une grande nostalgie, mais ce n'est pas pour cette raison que ce livre acquiert une importance.

Ce serait plutôt en raison du parcours qu'il décrit, dans sa similitude avec plusieurs autres qui ont eu un impact dans plusieurs secteurs où l'Acadie s'est affirmée. Le fait de l'avoir noté, d'en avoir répertorié les états d'âme est tout à l'honneur de Gérald Leblanc, dont l'œuvre continue de nous fasciner non seulement par sa pertinence, mais surtout parce qu'elle témoigne de son courage et de sa volonté de ne jamais en dévier. Relire *Moncton mantra* demeure en ce sens une expérience révélatrice, une incursion mémorable non seulement dans la vie d'un auteur important mais aussi dans l'air du temps d'une époque charnière de l'Acadie.

Herménégilde Chiasson
Grand Barachois, juillet 2012

Chapitre 1

La senteur du marais se mélange à l'odeur de l'asphalte chaud devant l'aréna Jean-Louis-Lévesque, dans une mixture qui m'enivre légèrement. C'est l'automne de 1971, et je me retrouve dans une file le jour de l'inscription à l'Université de Moncton. Il s'agit d'un geste désespéré, mais je fonctionne comme un déréglé depuis si longtemps que je me questionne à peine sur cette décision soudaine qui m'a poussé à m'inscrire.

Au cours de l'été écoulé, je m'étais retrouvé souvent en compagnie de Jean-Claude Collette avec qui je discutais. Il lisait Teilhard de Chardin et Herbert Marcuse, et moi, j'essayais de ne pas virer fou. J'avais quitté un emploi à Saint-Jean, car rien n'allait plus dans ma tête, et je me retrouvais ainsi à Bouctouche, chez mon oncle, en chômage.

Pendant un certain temps, avant d'aboutir ici, j'avais songé à me rendre aux États-Unis, à Boston, ou peut-être même en Californie par goût de l'aventure psychique. Mais je me retrouvais le plus souvent en pleine crise d'anxiété. Je n'arrivais pas à m'expliquer ces crises qui commençaient à me perturber sérieusement.

En fréquentant Jean-Claude Collette, je remarquais qu'il était beaucoup question d'Acadie, de changements, voire de révolution. J'ai commencé à m'interroger sur ces concepts, sur ce qui faisait que j'étais moi-même Acadien et sur ce que ça voulait dire au juste. Je serais allé jusqu'au bout du monde pour tenter de comprendre mes angoisses et le cheminement qui m'avait amené là. Pour donner un nom à ma maladie.

Le plus surprenant, c'était qu'une constante demeurait malgré tout, et c'était l'obsession d'écrire. Présente depuis toujours, cette pratique me semblait indissociable de mon bien-être. J'avais conscience de pouvoir tourner une bonne phrase, d'une facilité dans l'expression qu'on m'avait reconnue à l'école, où j'avais déjà le goût d'explorer des avenues autres que la conjugaison des verbes irréguliers du Grevisse.

J'ai commencé très tôt à rechercher des lectures interdites. Les religieuses qui nous enseignaient en parlaient toujours avec gravité, prenant soin de nous avertir du sacrilège qui planait au-dessus de nos têtes à la seule fréquentation de ces livres à l'index. Ce qui me paraissait le plus intrigant, c'était le sujet de ces œuvres. Il semble que ça tournait autour de la mécréance, de la luxure, de la débauche et de quoi d'autre encore qui ne cessait de me faire saliver d'anticipation.

J'ai finalement réussi à mettre la main sur certains volumes par l'entremise de la sœur d'un ami. Elle étudiait à Moncton et possédait une carte de la bibliothèque municipale de la ville. Elle accepta naïvement d'emprunter des livres pour moi, et je lui refilai une liste : Gide, Sartre, Camus, Montherlant. La fin de semaine suivante, elle me remit ces livres en me grondant gentiment.

– C'est des livres défendus que tu m'as fait sortir là!

Je tremblais à la seule possibilité de les toucher.

Une fois chez moi, je me suis mis à lire cinq ou six pages d'un volume avant de commencer dans un autre, jusqu'au vertige. J'admirais l'écriture et la clarté d'expression, mais je ne vibrais pas autrement au déroulement narratif, aux préoccupations des personnages; je trouvais qu'ils se compliquaient l'existence pour peu de choses. J'avais déjà le goût de raconter mes propres histoires que je trouvais singulièrement plus rocambolesques et tourmentées.

Je pensais que l'écriture relevait du secret, que par l'intermédiaire de la fiction, il était possible de pénétrer le dessous des choses, les cachettes de l'âme, l'interdit. J'étais attiré par les membres de ma parenté qui s'adonnaient aux excès: les buveurs, les adultères, les débordants. Je constatais que je me trouvais dans un lieu privilégié pour écrire, que j'évoluais dans la serre chaude de l'imaginaire par le simple fait de passer à la table de cuisine. À vrai dire, tout ce que j'essayais de comprendre, c'était ce que je faisais ici et comment j'arriverais à en sortir, car j'avais la certitude qu'il fallait aller ailleurs pour écrire.

Je ne pensais pas à ça devant l'aréna Jean-Louis-Lévesque. Je pense plutôt avoir conclu qu'un séjour à l'université serait bénéfique à ma tentative de mettre au clair certaines questions quant à mon statut d'écrivain en devenir.

Dans la file des inscriptions, je rencontre Julien Chiasson, de Chéticamp, en Nouvelle-Écosse, et je me surprends de mon ignorance, car je ne savais pas qu'il vivait des Acadiens là-bas. Nous parlons de musique et de projets en rigolant, et la file avance. Au bout de quelques heures, je sors de là avec une carte étudiante et une feuille sur laquelle sont notés mon horaire et mes cours: *I'm in.*

Je rentre à Bouctouche avec le sentiment d'avoir commencé une vie nouvelle. Cette décision ayant été prise, je m'assois pour écrire une longue lettre à mon ami, Xavier Roy, qui sera sûrement surpris de la tournure prise par les événements de ma vie.

Xavier Roy, c'est déjà une autre histoire. À l'époque où je venais de sortir du *High School* de Saint-Jean, mon cousin, Gilles Gautreau, était parti travailler aux États-Unis dans une usine de Leominster, au Massachusetts. Pendant son séjour là-bas, il avait rencontré un type curieux qui se pointait toujours à l'ouvrage avec un livre et qui jasait sans arrêt. Gilles lui avait parlé de moi, certain qu'il était que nous allions nous entendre comme larrons en foire dans nos débordements respectifs.

De retour à Saint-Jean, à l'automne, Gilles me raconte son été et sa rencontre avec Xavier Roy et m'incite à entrer en rapport avec ce dernier en lui écrivant. Ce que je fais. Xavier me répond aussitôt par une lettre regorgeant d'intelligence et d'amitié. À partir de ce premier échange, notre correspondance s'est poursuivie au rythme d'une lettre au moins par semaine.

Son histoire avait piqué mon intérêt. Son père était natif de Bouctouche et sa mère, de Moncton. Ils avaient déménagé à Leominster, où Xavier est né. Élevé en français jusqu'à l'âge de six ans, il avait changé de langue en commençant l'école. D'une intelligence vive, il s'était distingué aux études et il avait décidé, encore adolescent, de devenir écrivain philosophe. Ainsi, il se préparait à entrer à Harvard.

Quelque temps après le début de notre correspondance, je commence à vivre dans un état d'anxiété extrême. Ayant terminé mes études secondaires, je travaille dans un bureau à titre de préposé à la comptabilité. Mais ça ne tourne pas rond. Dans mon temps libre, je continue à lire avec voracité et à tenter d'écrire. D'une semaine à l'autre, je commence à comprendre que ma situation me pousse directement vers un cul-de-sac. Il est évident que je n'arriverai pas à évoluer comme je l'entends dans ce milieu. D'où mes crises d'angoisse.

Quand je fais part de mon état à Xavier, il me répond sans équivoque de tout foutre en l'air. J'y songe, mais je n'arrive pas à poser ce geste, et mon état s'aggrave de jour en jour. Ma correspondance avec Xavier continue et jauge sans doute ma descente en enfer, à tel point qu'un soir mon ami américain arrive en voiture à côté de la maison chez nous.

– *I borrowed it from my father without telling him and I've come to take you away from this madness.*

Ayant à peine le temps de penser à ce qui m'arrive, je me retrouve en route pour les États-Unis dans un délire de paroles et d'incertitudes.

Xavier Roy pense que la société, dans le meilleur des cas, n'est qu'un complot visant à nous aveugler par rapport aux vrais enjeux de l'existence. Il n'y a donc rien de sérieux, sauf l'amitié, les livres, la musique, les conversations, l'alcool et un joint qui apparaît au moment opportun. Le reste n'est que bruit de fond, une distraction qui ne mérite certes pas qu'on s'y attarde sinon pour en rire.

J'avais décelé dans ses lettres un anarchisme élémentaire qui me plaisait, mais rien ne m'avait préparé à la version *live*. Nourri de philosophie, de zen et de quoi d'autre encore, Xavier traversait la vie comme si c'était un jeu, provoquant et forçant les autres à confronter leurs peurs.

Le voyage fut hilarant au point de m'en donner des douleurs au ventre. Et nous voilà à Boston, à Cambridge plus précisément, rue Cherry. En arrivant au premier étage de la vieille maison délabrée où il habitait, je remarque une affiche sur la porte qui dit : *What of it?*

Le ménage comprenait un jeune employé d'épicerie, Little David, originaire lui aussi de Leominster, et un Afro-Américain du nom de Clarence Newton, étudiant à Harvard. Il y a un va-et-vient continu dans ce petit appartement, mais, le premier soir, je réussis à dormir relativement bien.

Je me réveille en début d'après-midi et je retrouve Little David qui roule des joints dans une pièce qui fait office de salon, de salle de méditation et de lieu de discussion. Janis Joplin hurle *Ball and Chain*. Xavier s'affaire dans la cuisine dans un tapage de pots, de poêles et de portes d'armoires battantes, tout en écoutant à plein volume un poste de musique classique qui le dispute à la voix de Janis. En me voyant, il crie :

– Je me prépare à entreprendre une œuvre de création !

C'est-à-dire qu'il prépare le déjeuner.

Réussissant enfin à nous asseoir, à tête reposée, Xavier me demande de m'expliquer en ce qui concerne mes crises d'angoisse et mes projets d'écriture. Je ne sais vraiment pas par où commencer, pour la bonne et simple raison que je me trouve dans un état de confusion aiguë. Je dis toujours à qui veut l'entendre que je veux et que je vais écrire, et on semble me croire. C'est pourtant vrai, je désire ardemment écrire ; je conçois l'écriture comme une sorte de catharsis, comme quelque chose qui me permettra de voir clair dans la confusion qui m'habite. Et c'est un peu ce que je raconte à Xavier.

Il m'écoute d'une oreille sympathique, mais je sens qu'il s'impatiente quand j'aborde la question de l'anglais et du français. La moindre mention du nationalisme l'exaspère. Pour lui, c'est de la barbarie, rien de moins. Je tente de défendre la lutte contre l'inégalité qui existe entre les deux groupes linguistiques, mais rien à faire. Il rétorque que le problème est humain, qu'il faut se battre pour la dignité humaine et que ce but est court-circuité quand un groupe se présente comme étant « supérieur » à un autre. Je constate que ma confusion ne me donne guère d'arguments solides.

Xavier revient à la question de l'écriture et de l'Acadie. Il déclare d'emblée que les Acadiens sont une bande de schizophrènes aliénés, victimes de l'Église catholique qui les a castrés, et qu'il en sait quelque chose, car ses parents en sont. Il ajoute qu'il s'agit là d'une variante de la folie humaine et que j'aurais intérêt à me mettre à l'écoute de cette folie si je suis sérieux quant à mes aspirations d'écrivain. À titre d'exemple, il évoque François Mauriac, qu'il traite de vieille folle. Il m'explique que sa folie traduit l'étouffement, l'hypocrisie et le climat du sud de la France, de Bordeaux, mais dans un style unique et d'une grande maîtrise.

– Mauriac est un imbécile dans ses *Bloc-notes*, mais un artiste dans ses romans, conclut-il en insistant qu'il y a ici une leçon sur laquelle j'aurais intérêt à méditer.

Je médite là-dessus comme je peux dans le tourbillon de l'appartement de la rue Cherry. Chaque matin, je me réveille au milieu de bruits inusités en me disant que je suis à Boston, que je ne suis pas devenu fou, que tout se déroule comme il faut. J'essaye de m'adapter tant bien que mal à cette faune hétéroclite qui gravite autour de Xavier. Je trouve ça à la fois amusant et inquiétant.

Je suis là depuis une semaine maintenant et je n'arrive pas encore à saisir le, comment dire, le laisser-aller de ces gens. Je ne sais pas à quoi ils pensent. Pourtant, les discussions vont de Herbert Marcuse à Allen Ginsberg, du Viêt-nam à Ravi Shankar, de ce qu'on va bouffer pour souper au prix de l'acide que vendent les freaks d'en bas.

Dans le coin gauche de l'appartement, près de la cuisinière, il y a une cage en verre qui loge un boa constricteur d'environ six pieds de long. Chaque semaine, on y dépose une souris ou deux, proies que le reptile doit tuer pour se nourrir. Ce spectacle me fait frémir, mais Xavier insiste en disant :

– Ça me rappelle l'acte d'amour.

Le seul moment de quiétude que je connaisse est sous la douche. Un matin, en sortant de la salle de bain, j'aperçois sur la porte une affiche portant l'inscription *Now is* 75,000 *years from now*. Et je me demande si je ne suis pas un Égyptien, de l'époque de Hatchepsout, réincarné Acadien, aux États-Unis. Au cœur du manège des derniers temps, plus rien ne peut me surprendre. Xavier m'interpelle :

– *And how is our little militant Acadian nationalist this morning?*

Je me dis que je dois ressembler à une bête enragée du moment que je me lance dans mes explications. Je remets en question mes arguments comme si je devais convaincre l'autre pour me convaincre moi-même de ce que je dis, comme si je devais recevoir la caution de mon interlocuteur avant de croire à ce que j'avance.

Je creuse davantage les causes qui m'ont poussé à mon état présent. Je suis évidemment en crise d'identité aiguë, cette conscience d'être Acadien qui me fait mal. D'ici, je ne sais pas encore ce que ça veut dire. Est-ce quelque chose qu'on porte en soi? À quoi ça rime? J'étais à Saint-Jean au début de la contestation étudiante à l'Université de Moncton. J'en suivais le déroulement dans *l'Évangéline*. Les événements avaient déclenché un sentiment d'excitation chez moi. Le mot «Acadie» prenait un sens nouveau. Ce n'était plus l'Acadie dont on nous avait parlé à la petite école, cette Acadie des prêtres, des bonnes sœurs et de l'immense tableau de la Déportation accroché au mur.

Un nouveau discours s'articulait autour de la notion d'Acadie, et je m'y sentais réceptif. Ce discours démasquait l'hypocrisie de notre situation de colonisés et d'exploités. Les événements sur le campus recevaient mon adhésion totale, sauf que j'ai dû me rendre à l'évidence que j'étais bien loin du feu de l'action. Je vivais ça au dedans, avec la frustration grandissante de ne pouvoir parler de ces choses à personne.

Je commence à avoir peur de tout et de rien. Une peur incompréhensible, une crainte de violence, une peur qui gruge, qui réveille la nuit, une peur qui débouche sur l'absurdité totale dans ma tête. Plus rien ne tient. *Nowhere to run and nowhere to hide.*

Xavier écoute tout ceci non sans intérêt. Il attend que je finisse mon histoire avant de me poser la question :

– *What now ? Do you want to go out and kill* les maudits Anglais *one by one, to destroy their humanity in order to affirm yours ? It doesn't work that way.*

J'aimerais le convaincre de ma colère, de ma frustration, de ma haine. J'aimerais le convertir à ce qui me paralyse. Mais Xavier ne mange pas de ce pain-là. Il subit ma logorrhée délirante pendant quelques nuits et tente, tant bien que mal, de me ramener sur terre. Ça a l'effet d'un nettoyage en règle. Du moins, je peux me rendre au dépanneur sans perdre connaissance ou sans partir en peur me cacher derrière les poteaux.

Je sors de plus en plus souvent déambuler sur Massachusetts Avenue. J'observe les passants, des étudiants de Harvard ou du MIT pour la plupart. Cheveux longs, *love beads*, une odeur de marijuana qui flotte partout ; les gens traînent. Certains distribuent des feuillets ou des brochures pour promouvoir leurs causes. Les Hare Krishna viennent chanter et danser dans le parc, ce que j'aime beaucoup, même que des fois, je chante le mantra du Hare Krishna avec eux.

Je tente de mettre en mots ce que je ressens à propos de ce qui se passe. Je songe à cette génération qui est aussi la mienne et qui cherche une autre façon de faire, qui expérimente tout : les drogues, la politique, les communes. En évoquant ces changements, un sentiment d'ambivalence m'envahit. Ça dit oui pour aller vers ce qui vient, mais non, ce ne sera pas ici que je vivrai ces changements. Et je suis un peu triste à cette pensée. Je pourrais sans doute recommencer une vie ici.

Quelques années plus tard, je me trouverai sur les bancs de l'Université de Moncton, un peu moins confus, mais les questions de base demeureront.

En septembre 1971, sur le campus de l'Université, je me plais à l'idée d'avoir pris un tournant dans mon existence. J'aime la nouveauté de la vie universitaire et les cours de littérature et de philosophie. Je souris en écoutant mes compagnons de classe parler de la fin de semaine passée en attendant la fin de semaine qui s'en vient. On traîne au sous-sol de la Faculté des arts, où tout semble imprégné d'une légèreté agréable.

Un après-midi, alors que j'attends mon prochain cours, seul à une table en lisant un livre, une étudiante s'approche avec un café. Sur un ton enjoué, elle me demande ce que je suis en train de lire. Je lui montre *Voyage au bout de la nuit*, de Louis-Ferdinand Céline. Elle s'appelle Monique LeBlanc, et la conversation démarre sur les livres, une passion commune. Elle s'enquiert si je fume du pot et m'invite au Conseil étudiant où une dizaine de personnes sont réunies.

Le joint circule en même temps que les présentations. Celui-ci vient de Tracadie, celle-là du Cap-Pelé, les autres de Memramcook, de Saint-Louis-de-Kent, de Grand-Sault, de Baie Sainte-Anne, de Chéticamp. Et ça discute à bâtons rompus de l'Acadie, de politique, de l'administration de l'Université (« les *goddams* »), de la petite bourgeoisie patenteuse (« les maudits *goddams* ») et des activités qui s'en viennent au club étudiant.

En fin d'après-midi, après maintes blagues et d'innombrables joints, je quitte le local avec le sentiment d'être tombé sur un groupe de complices. Au petit pupitre de ma chambre, j'ouvre mon journal pour y barbouiller les événements de la journée. Cette pratique remonte à mon adolescence, et je n'ai jamais très bien compris pourquoi je l'avais commencée. Le plus souvent, je note des incidents, même les plus anodins, en me disant que je découvrirai peut-être une logique à mon existence en me relisant.

Je passe ensuite au roman entrepris en début de semestre. À peine ai-je entamé le mouvement d'écriture que je bute sur la problématique du français standard par opposition au français acadien. Mais je me demande aussi si cette question ne cache pas un faux-fuyant pour m'empêcher d'écrire. Robert Landry insiste qu'il faut écrire vaille que vaille.

– On verra après… On aura tout le temps de mettre de l'ordre dans tout ça, qu'il dit, et il a sans doute raison. Je me dérobe à cette impasse en écrivant un poème.

Robert assume lui-même pleinement son rôle de poète. À mes yeux, il incarne ce que je voudrais devenir. Dans le temps où j'angoissais démesurément à Saint-Jean, fin 1969 ou début 1970, j'avais lu de ses poèmes dans une revue montréalaise. Lire cette poésie à la fois moderne et acadienne n'avait été rien de moins qu'une révélation. Ça rejoignait sans doute ce dont me parlait Xavier, cette entreprise d'articuler notre spécificité grâce à l'écriture. Toujours est-il que j'avais décidé d'entrer en contact avec Robert en lui faisant part, dans une lettre, de mes réactions à ses textes. Il me répondit en m'invitant à le rencontrer. Quelque peu intimidé par l'idée de lui parler de vive voix, je lui adresse une autre lettre. Cette correspondance a continué un certain temps, puis une fois inscrit à l'université, j'ai accepté un rendez-vous.

En m'asseyant en face de lui à la cafétéria de Radio-Canada, où il travaille à titre de recherchiste, je suis étonné de l'entendre se confier à moi comme à une connaissance de longue date. Il témoigne une confiance absolue à mon projet d'écriture, ce que je trouve d'autant plus surprenant, car je ne lui ai jamais rien montré de ce que j'écris. Je l'interroge sur son enthousiasme.

– Tes lettres démontrent déjà une passion d'écrire peu commune, une soif d'expression dévorante, une volonté de foncer, de défoncer, me déclare-t-il.

Je m'ouvre un peu plus et lui parle alors de mon intention d'écrire un roman-fleuve foisonnant de personnages habités d'un destin tragique, ma légende de Yoknapatawpha à moi. Et Robert trouve tout à fait normal que j'entreprenne cette œuvre.

Mais surtout, il m'entretient de sa vision de l'Acadie. Il met des mots sur ce que je ressens par intuition. Depuis quelques années, je regardais de loin ce qui se déroulait ici, m'y identifiant vaguement en tant qu'Acadien, mais sans trop savoir ce que ça voulait dire. Avec l'occupation de l'Université de Moncton en 1969, je prenais conscience des changements et des grondements profonds qui traversaient le milieu. Comme en témoignaient les poèmes de Robert. Et voilà que le même Robert m'explique maintenant, en termes très clairs, qu'il faut des regroupements d'ouvriers, d'intellectuels et d'artistes pour amener notre société à évoluer vers une plus grande autonomie. Tout ce que j'ai connu jusqu'ici, je commence désormais à le voir autrement à travers les yeux d'une amitié naissante, à travers les yeux d'un poète.

⁜

De retour au Conseil étudiant, je participe de plus en plus aux discussions enflammées. Ce qui me stimule au plus haut point, c'est cette exploration de notre passé commun. Que de rires de reconnaissance en parlant de notre enfance, de la vie des petits villages que la plupart d'entre nous avons connus, des valeurs traditionnelles et des superstitions, de l'enseignement des religieuses et de tout le reste. Nous en parlons comme s'il s'agissait d'un autre siècle alors que nous venons à peine de quitter l'adolescence. Aujourd'hui, nous revisitons ces lieux de mémoire avec des drogues.

Du passé commun, nous passons à ce que pourrait ressembler l'avenir collectif. Je lis *Éros et civilisation*, de Herbert Marcuse, et *Frères de Soledad*, des lettres de prison qui relatent la prise de conscience politique de George Jackson, un jeune Noir américain. D'autres lectures encore alimentent ma réflexion, et je sens qu'il me reste beaucoup à comprendre quant aux changements en cours dans le monde. Comment allons-nous articuler ces bouleversements ici, dans notre milieu, dans cette Acadie qui se réveille aux réalités du vingtième siècle ?

Nous parlons souvent de politique ensemble, mais il est également question de musique, de cinéma, de culture et de contreculture.

– On est contre la culture, déclare Anne-Marie Doucet, et le groupe s'esclaffe.

Je délaisse un peu mes cours, car c'est bien plus rigolo au Conseil étudiant. Ici, on se paie la tête de tout le monde. L'idée d'un journal *underground* circule, et, à force d'en parler, nous finissons par passer aux actes. Sur la presse Gestetner du Conseil, nous fabriquons de façon artisanale une publication que nous baptisons *La Patte verte*. Iconoclaste à souhait, le pamphlet s'attaque à tout ce qui nous semble aller de travers, à commencer par l'administration de l'Université et les politiciens. Le premier numéro fait l'effet d'une bombe. Le deuxième est immédiatement saisi par la Sécurité du campus, ce qui ne tempère d'aucune façon les ardeurs. Il ne fait aucun doute que le journal émane du Conseil, mais tout le monde s'en défend bien.

Tout en reconnaissant la stimulation et le réconfort que me procure le groupe, je constate aussi à quel point je garde jalousement mon espace privé, ma solitude. Je me détache du groupe pour me retrouver seul, à lire bien sûr, mais aussi à jongler avec les idées. Il m'arrive de m'assoir sur une chaise ou de m'étendre sur mon lit pendant des heures à ne rien faire d'autre que penser. À quoi au juste ? C'est difficile à dire. Je m'écoute penser. Je me dédouble et me parle à moi-même. Je me demande si j'ai fait un bon choix en venant à l'Université et je me dis que oui. Je me demande alors à quoi ça sert et je n'en suis pas certain. Je me souviens que ce que je souhaite par-dessus tout, c'est d'écrire, mais le résultat de mes efforts ne m'apporte aucun contentement. Je mets en doute l'intention même d'écrire ; je me demande à quoi ça peut servir. Et je me réfugie dans les chansons de Léo Ferré.

⁂

J'entrevois la fin de l'année universitaire comme un intermède où il me sera loisible de faire le point dans ma vie. D'ailleurs, j'ai l'impression que je suis toujours sur le point de faire le point dans ma vie. Je m'inquiète déjà de savoir de quelle façon je vais m'organiser financièrement pendant l'été.

Juste avant la fin des cours, on m'invite à faire partie d'un projet d'été subventionné par le Secrétariat d'État dans le cadre du programme Perspective jeunesse. Présenté par des étudiants en études françaises de deuxième cycle, le projet s'intitule « Cercle littéraire La Sagouine ». Sans savoir si on donne dans l'ironie, la garantie d'un salaire, fût-il modeste, m'aide à surmonter toute velléité de résistance.

Nous formons un groupe assez singulier de onze personnes. À la première réunion, pendant que nous élaborons la mise en œuvre du projet et la distribution des tâches, Anne-Marie Doucet décide de nettoyer son immense sacoche. Elle en vide le contenu sur la table. Tout en écoutant distraitement ce qui se dit, elle procède à un tri méticuleux des objets disparates. Après l'examen de chaque objet, qu'elle secoue et époussette des doigts, elle remet dans sa sacoche ce qu'elle désire garder, et le bataclan prend le chemin de la poubelle. De cette cérémonie, il reste une petite quantité de marijuana émiettée un peu partout sur la table. Avec un carnet d'allumettes, elle ramène tout ça vers elle et s'applique à rouler un joint. Le joint fait le tour de la table, et seulement la moitié du groupe accepte de fumer. La ligne vient d'être tracée entre l'élément éclaté et l'élément plus sérieux.

Notre projet se résume ainsi : animation-poésie. L'expression se veut suffisamment « littéraire » pour plaire à l'Université, qui nous prête un local, et assez floue pour nous permettre de faire ce que nous souhaitons. Sous cette appellation, nous nous proposons de sillonner les écoles secondaires et les polyvalentes de la province à la recherche de jeunes poètes en herbe. Munis d'un montage sur ruban de poèmes et musiques d'ici, nous comptons sensibiliser la jeunesse à l'avènement de la révolution imminente.

Les directeurs de polyvalente ne voient pas tous cette noble opération du même œil que nous. D'aucuns appellent le doyen de la Faculté des arts pour porter plainte contre ces « communistes » qui sont venus troubler leur petit troupeau. D'autres, cependant, nous accueillent avec un mélange de sympathie et de tolérance.

La réponse à notre appel dépasse toutes les attentes. Des poèmes commencent à rentrer de tous les coins de la province, et parmi les compositions d'usage comme « l'amour toujours la nuit dans mon lit », il se trouve des éclats, des poèmes originaux. Tout compte fait, le projet n'était pas si farfelu.

Le temps passé à Bouctouche me replonge dans un autre univers, celui de mon enfance, un monde moins mouvementé que la vie universitaire. Et pourtant, je me trouve aux prises avec un curieux phénomène. Chez mon oncle, je sens moins de contraintes de part et d'autre. Je reviens vers ce que je connais et qui me branche sur quelque chose d'essentiel. Toutefois, après deux ou trois jours, je deviens plus agité et j'ai du mal à rester en place. En un mot, Moncton me manque.

Je me résous à taper au propre les poèmes que j'ai écrits depuis un an et à les montrer enfin à Robert. Un soir qu'il m'invite à souper chez lui et sa compagne, Régine McNeill, sur la rue Cameron, je choisis de lui refiler quelques feuilles. Il reçoit ces poèmes comme un cadeau et les commente avec enthousiasme. Je me dis que si Robert y trouve du mérite, je dois bien avoir réussi quelque chose de valable. Il ajoute:

– Un écrivain, ça écrit!

Je la trouve bonne et je comprends que je ferais mieux de me rendre à l'évidence plutôt que de me compliquer la vie avec la question de savoir si je peux écrire ou non.

Les deux premiers mois du projet se déroulent relativement bien. Au bureau, nous commentons et classifions les textes que nous recevons. Quand on me demande si je n'aurais pas moi-même quelques poèmes à soumettre en vue d'un projet de publication, je réponds simplement que j'y penserai. Mais l'idée de publier m'angoisse, malgré les commentaires encourageants de Robert. Je crains que le groupe ne se montre aussi indulgent que mon ami.

À Bouctouche, dans ma chambre, je réfléchis à ce qui m'arrive et à l'année écoulée. Sur un petit tourne-disque d'occasion, j'écoute Léo Ferré et les Doors. Le disque *Strange Days* m'obsède. Je fume des joints et souvent je l'écoute à plusieurs reprises d'affilée. J'ai l'impression de recevoir des messages sonores d'un monde d'ailleurs et qui est pourtant le mien, un espace mental que je pénètre parce que j'y suis appelé. *Strange days have found us/Strange days have tracked us down.*

✣

Dès qu'on met le pied au Highfield Square, on remarque la clique habituelle de jeunes en culottes mauves ou orange et aux cheveux longs. Ils se ramassent autour d'un banc jusqu'à ce que les agents de sécurité les somment d'aller se faire voir ailleurs. Je me dirige vers la librairie Le Marinier pour jeter un coup d'œil sur les nouveautés et jaser avec la libraire, qui en vaut le détour à elle seule.

Plantureuse et volubile, elle parle avec un accent très français, plutôt parisien argotique, comme dans les films, et raconte souvent avec verve ses aventures dans le Paris de l'entre-deux-guerres. Louis-Ferdinand Céline lui-même, semble-t-il, prenait un vilain plaisir à lui pincer les fesses. Tout en faisant abstraction de sa confusion des dates, des auteurs et des titres, je l'écoute avec amusement, car elle n'est pas dépourvue d'humour et ses monologues sont cocasses. Lorenzo Cormier m'a appris quelques mois plus tôt qu'elle était originaire de Rivière-du-Loup et qu'elle avait attrapé son accent lors d'un séjour d'une semaine ou deux en France, il y a de ça très longtemps.

Pendant que je fouille dans les livres, je sens une présence derrière moi. Après quelques minutes, je me retourne et retrouve Gilles Robichaud, le jeune poète.

– Est-ce que je te bloque la vue ? que je lui demande.

– Non, je te regardais juste faire… T'as l'air à aimer ça les livres.

– Ben oui, j'en mange, que je lui dis, et je l'invite à venir prendre un café. Nous montons au restaurant du magasin Eaton.

Dans l'avant-midi, Gilles Robichaud s'était présenté au local du «Cercle littéraire La Sagouine», sis au sous-sol de la Fédération des étudiants, derrière l'édifice Taillon. Nous étions trois ou quatre à tripoter de la paperasse, quand un jeune homme d'environ dix-huit ans se présente en déclarant d'une façon mi-sérieuse, mi-amusée :

– J'ai vu dans *l'Évangéline* que vous cherchiez des poèmes…

Il nous offre sans cérémonie une chemise renfermant une soixantaine de feuilles. Et il reste planté là.

Paul Roy feuillète avec curiosité ce manuscrit et, après quelques minutes, il éclate de rire.

– C'est ben bon cecitte, dit-il, et il commence à en lire des extraits.

Il s'agit d'un long texte énumératif qui s'articule autour de l'enfance de l'auteur, et il ne fait aucun doute que ce jeune poète possède un sens de l'image et du rythme de la langue parlée. Nous sommes tous saisis par l'originalité de ces poèmes que nous faisons circuler, et je lui fais part de mon enthousiasme avec force convictions. Voilà que je me rends compte, quelques heures plus tard, que Gilles Robichaud m'avait suivi jusqu'au centre-ville.

– Aimes-tu les livres toi itou ?

Quand je lui pose la question, il me sourit en sortant de sa sacoche de toile blanche un exemplaire du *Théâtre et son double*, d'Antonin Artaud, et un numéro du *Magazine littéraire* consacré à Jacques Prévert.

– C'est tout un programme, que je lui dis.

– Oh, tu sais, je vais chercher ce qui m'intéresse et, pour le reste, je m'en passe.

Après ce jour, Gilles Robichaud prend l'habitude de venir me retrouver au local pour dîner. Nous allons à la cafétéria de l'édifice Taillon ou parfois nous marchons du campus jusqu'au coin des rues Archibald et St. George pour aller au restaurant chez Duane. Il nous arrive de passer l'après-midi à parler de poésie et de la polyvalente Mathieu-Martin, où on l'a foutu à la porte en raison de son comportement «antisocial» et des articles sur l'effet aliénant de l'école sur la jeunesse qu'il avait publiés dans le journal étudiant.

Je le trouve spontané, ouvert, zen. Ce qui me fascine par-dessus tout, c'est qu'il soit arrivé si jeune à trouver sa voix en poésie. Alors que je me débats avec moi-même sur la question de savoir si oui ou non j'arriverai à l'écriture et que je lis comme un obsédé tout ce qui touche à la création, voilà que le plus simplement du monde, Gilles Robichaud arrive avec une poésie vivante et profondément enracinée dans la réalité. Je lui parle de tout ceci, et il rit en disant que je me prends trop au sérieux.

Nous parlons beaucoup de langue en discutant de poésie qui mêle le français et le chiac. Le phénomène m'intrigue sans que j'y voie très clair. La langue que je parle est un mélange de français dit standard et de vieux français acadien qui me vient de mon origine villageoise, parsemé de bouts d'anglais. Le chiac, c'est tout ça aussi, mais mêlé davantage dans une symbiose assez originale. Gilles m'apprenait à apprécier la musique de cette langue, la musique de l'expérience d'une ville, son aspect ludique.

Nos fréquentations s'intensifient, et graduellement je m'aperçois que je m'éveille à lui sexuellement. Lorsque je me décide après hésitation de lui en faire part, il déclare tout bonnement :

– Comme ça nos rapports vont devenir encore plus intéressants !

La facilité avec laquelle nous passons à la dimension sexuelle me surprend. Je tente de me ressaisir en m'avouant que tout n'a pas nécessairement besoin d'être compliqué. Gilles Robichaud dit m'aimer et je lui demande ce qu'il entend par ça. Il répond :

– Je t'aime, c'est tout.

Malgré l'évidence, j'ai du mal à croire que c'est aussi simple que ça paraît. Je passe de l'exaltation la plus vertigineuse aux moments de doute les plus angoissants, sachant très bien que je me fais des histoires qui ressemblent aux histoires du passé.

L'été se déroule ainsi, entre le projet de poésie, les amis et les rencontres avec Gilles. L'automne approche, et je me questionne sur le bien-fondé de mon retour à l'université. Mes illusions à l'endroit de cette institution se sont évaporées. Ayant cru pour un moment que je serais stimulé, provoqué, encouragé dans mon évolution intellectuelle, j'ai vite déchanté devant l'académisme aride des cours et de l'enseignement. J'en discute avec Anne-Marie, qui résume son refus d'y retourner en me citant Bob Dylan :

– *I ain't gonna work on Maggie's farm no more!*

Au moins, j'aurai appris que ce n'est vraiment pas ce que je voulais. Cependant, l'appât du prêt-bourse m'incite à reconsidérer l'inscription à l'université. Je conclus qu'il me permettra de vivre pendant huit mois sans trop me soucier de problèmes financiers et que, de plus, le printemps prochain, j'aurai des prestations de chômage du projet de poésie. Je décide donc d'y retourner.

De pareilles décisions font rire Gilles Robichaud. Il vit au jour le jour, sans souci. D'une certaine façon, j'admire cette légèreté, mais mon insécurité foncière redoute aussi un tel laisser-aller. Il lui arrive de disparaître pendant deux ou trois jours sans rien me dire, ce que j'ai du mal à prendre et à comprendre. Il revient en souriant avec son chapeau, dans lequel il a glissé des joints, et me raconte le plus normalement du monde qu'il était parti sur une *boogie* avec des amis. Je boude. Il me trouve niaiseux. Je voudrais une chicane. Il s'en fout et me demande si je fumerais avec lui. Je me calme et je dis: «O.K.», et il me serre très fort contre lui.

Ainsi, Gilles ne croit pas à la possession et aux attachements compromettants. L'amour doit se dérouler dans l'immédiat, et, au moment où les deux personnes se quittent, c'est autre chose qui commence jusqu'à ce qu'elles se rejoignent. C'est une attitude *groovy*, comme il dit, mais le doute que je ressens gâte un peu mon assentiment réel. J'observe ce qui se passe autour de moi avec un regard indulgent et critique à la fois. Gilles erre comme le vent.

Pour Gilles Robichaud et son ami, Claude Léger, un complice de Mathieu-Martin, le monde est un lieu accueillant. Vivant dans la rue, voguant de l'appartement d'un ami à celui d'un autre, ils ramassent des jeunes étrangers de passage en ville. La tribu des longs cheveux et des sacs à dos. Ils les amènent où ils vivent au moment et leur offrent la bouffe, la drogue, le gîte pour le temps voulu. D'ailleurs, c'est quoi le temps? Claude Léger me dit:

– Le passé se vit au présent alors que le futur, c'est tout de suite.

– *Groovy*, que je lui réponds.

Il me lit des extraits de *In Watermelon Sugar*, de Richard Brautigan:

> *I guess you are kind of curious as to who I am, but I am one of those who do not have a regular name. My name depends on you. Just call me whatever is in your mind.*
>
> *If you are thinking about something that happened a long time ago: Somebody asked you a question and you did not know the answer.*
>
> *That is my name.*
>
> *Or somebody wanted you to do something. You did it. Then they told you what you did was wrong. – « Sorry for the mistake, » – and you had to do something else.*
>
> *That is my name.*

L'idée de vivre dans le présent ne me dérange pas à priori. Ce qui commence à me travailler, c'est le côté volage de cette approche. Tout s'équivaut; aucune opinion n'a de préséance sur une autre. Selon Claude Léger, les complications naissent du système de valeurs, qui veut compartimenter nos pensées. Pour arriver à déjouer ce guet-apens, il suffit de naviguer sans souci à travers le passage éphémère de l'ici et maintenant. J'aime bien discuter avec lui et je tente de ne pas porter de jugements et de ne pas m'attacher démesurément aux choses matérielles ni aux idées reçues. Toutefois, quand je me retrouve seul, je suis encore en proie à des crises d'angoisse, à la peur de devenir fou. Je ne sais plus quoi croire par moments. Je ne sais plus où poser les pieds. Et si je laissais tout aller ? Si j'allais vers la folie ? Si j'y plongeais pour ne plus en revenir ? Mais la peur, cette damnée toujours…

Ce n'est pas sans plaisir que je retrouve la gang du Conseil étudiant. Le discours s'est considérablement politisé en raison de diverses crises que traverse la province : le plan d'expropriation d'environ 200 familles du comté de Kent pour la création du parc national Kouchibouguac, le chômage chronique dans le Nord-Est, l'unilinguisme anglais à l'Hôtel de Ville de Moncton. Enfin, le torchon brûle. De plus en plus, l'idée d'un projet national acadien fait son chemin. Des discussions enflammées se poursuivent tard dans la nuit sur la façon dont les étudiants et l'intelligentsia peuvent contribuer à la lutte. Doit-on envisager la violence politique ou jouer le jeu des élections en formant un parti politique acadien ? Ça brasse fort à la rentrée.

Pour des raisons qu'on ignore, la Faculté des arts se dote d'un salon étudiant au rez-de-chaussée de l'édifice. D'immenses blocs de bois recouverts d'un épais tapis gris longent les quatre murs d'une assez grande pièce. Le Conseil étudiant, dont le bureau est désormais adjacent au salon, vote sur le coup l'achat d'une chaîne stéréo quadriphonique d'environ mille dollars. Question d'y mettre de l'ambiance. Et l'ambiance ne tarde pas à s'imposer. Une clique gravitant autour du Conseil s'y installe en quasi permanence. On va aux cours comme on fait des courses ennuyantes, mais nécessaires. L'air s'imprègne d'un nuage de fumée à la senteur indubitable. Avant la fin de la première semaine, le local est baptisé « Le Joint ». Un climat de connivence s'établit entre ceux qui fréquentent le lieu. Roger Doiron déclare que nous sommes devenus les gens dont nos parents nous avertissaient de nous méfier.

En janvier, Robert Landry publie *Complaintes d'ici* aux Éditions du Pays, nouvellement fondées. L'expectative est à son comble, tous étant conscients du moment historique que nous vivons avec ce premier recueil de la première maison d'édition en Acadie. La foule au rez-de-chaussée de la Faculté des arts, où se tient le lancement, abonde. Quand Robert prend le micro pour lire des extraits de son œuvre, un silence solennel gagne l'assistance. Ses poèmes résonnent en chacun de nous, car nous comprenons qu'il parle avec nos mots et qu'il a réussi à investir ces mots d'une nouvelle urgence.

Alexandre Cormier suit Robert en récitant un long texte chamanique sur les couleurs du drapeau acadien. Des salves d'applaudissements semblent retentir dans tout l'édifice et dans tout l'univers, comme si notre soif de parole était enfin abreuvée par la poésie. Les musiciens du département de musique se lancent ensuite dans un long *jam* qui se prolonge tard dans la nuit. Au Conseil étudiant, on jubile. La parution de *Complaintes d'ici* est reçue comme un manifeste qui vient confirmer l'incontournable.

L'absence de Gilles au lancement de Robert me paraît suspecte, car il n'est pas du genre à manquer un *party*. Le surlendemain, après quelques coups de téléphone, j'apprends qu'il a été hospitalisé par suite d'un excès de drogues et de surmenage. Je vais lui rendre visite au *Ward J*, l'aile psychiatrique de l'hôpital anglais. Il a l'air distrait et distant. Je lui demande comment il se sent, et il me regarde comme s'il ne comprenait pas la question. Je deviens volubile, presque hystérique. J'essaye de le faire rire, de le faire réagir ou de le toucher de quelque façon. Il me fixe du regard pendant un long moment, comme s'il essayait de communiquer, puis il se dérobe. Après plus d'une heure, me sentant impuissant devant ce mutisme, je me prépare à partir. Je lui demande s'il souhaite que je revienne, et il me répond d'une voix à peine audible :

– Oui, j'aimerais ça.

Cette visite me plonge dans un état de grande tourmente. Je ressasse tous les indices qui pourraient expliquer comment il a pu en arriver là. Bien sûr, il y a les drogues et sa volonté d'aller plus loin là-dedans, d'aller jusqu'au bout pour voir à quoi ça ressemble. Ne serait-ce pas une façon de se détruire, une forme de masochisme inné ou peut-être simplement un accident de parcours ? Je n'arrive pas à démêler la confusion que cet incident provoque.

Je continue chaque jour de rendre visite à Gilles et je remarque une amélioration graduelle de son état. Nous jouons aux cartes en silence dans la salle des visiteurs, et il lui arrive de sourire quand je lui parle. Trois semaines après avoir été hospitalisé, il reçoit son congé et retourne chez lui, ce qui ne manque pas de me rasséréner.

⁘

Le salon étudiant bourdonne. Un groupuscule politisé s'affaire à la rédaction d'un tract en riposte à un élément réactionnaire du campus. D'autres prennent des notes avec frénésie en vue d'un test imminent. Enfin, certains roulent des joints, car Serge Goguen vient d'arriver avec le dernier Pink Floyd, *Dark Side Of The Moon.*

Le disque commence. Petit à petit, les gens cessent leurs activités. Je ferme les yeux, m'adossant au mur, et je me laisse emporter. « *Breathe breathe in the air/Don't be afraid to care/Leave but don't leave me/Look around and choose your own ground…* »

Le disque terminé, un silence lumineux plane sur le salon. Tranquillement, de façon féline presque, des corps commencent à bouger. On entend quelques wow très doux, et les gens sourient. À mes côtés, Jean-Louis Marcoux allume un autre joint en suggérant d'aller au Kacho.

– Trouves-tu pas qu'il est un petit brin trop tôt pour commencer à boire ?

– Y fait noir comme sous terre là-dedans, *so* on fera accroire qu'il est minuit.

On pouffe de rire et on se dirige vers le club étudiant.

– C'est vrai qu'il fait noir icitte.

– Si je trouve le bar, je te paye une Moosehead.

On se ramasse dans un coin, et quelques connaissances passent nous saluer le temps de tirer une bouffée. La bière coule à flots, et bientôt la clientèle de soirée s'amène.

– Je vois déjà le genre de soirée, on n'a même pas mangé.

– C'est O.K. Ça fera plus de place pour la bière et la boucane.

Je reprends conscience sur un sofa le lendemain midi. Avant même d'ouvrir les yeux, ne sachant plus très bien où j'ai atterri, j'entends le bruit d'une machine à écrire. Une odeur de café et de cigarette m'atteint. Je reconnais l'appartement de Robert. Avec peine et misère et grognements, je tente une levée du corps et je tombe en bas du sofa. Robert se pointe dans la porte en me demandant :

– Mort or vivant ?

– Oh ! quelque part de très indéfini entre les deux… *O boy*, la veille commence à me revenir…

Et les souvenirs me reviennent. Je me rappelle m'être enveloppé d'un immense rouleau de papier de toilette avant de procéder à une incantation pour que les tonneaux de bière ne tarissent jamais, suivie d'une cérémonie improvisée pour l'exorcisme du bureau du recteur, avec *l'hymne à l'amour* d'Édith Piaf en grande finale. C'est ce qui s'appelle avoir de la suite dans les idées. Robert se pâme de rire et m'invite à prendre le premier café de la journée.

Pendant le déjeuner, Robert me lit des poèmes écrits ces derniers jours dans un style plus dépouillé et parsemé d'expressions populaires de la région. Il dit s'inspirer de ce qui est là, du réel, à l'exemple de Gilles Robichaud, plutôt que de s'envoler vers la métaphysique. Cette approche me semble heureuse, d'autant plus que le résultat est manifestement réussi. On parle de Jack Kerouac, de sa grande habilité à rendre vivants ses lieux, ses soirées, ses descriptions de la musique, bref, de son grand pouvoir d'évocation.

Puis Robert me demande comment mon écriture avance.

– Je travaille sur des alexandrins tordus et des anacoluthes ludiques, un peu de laboratoire oulipien dans tout ça. Tu vois le genre…

C'est ce que je lui dis pour déjouer sa question légitime. J'essaye de rire du fait que j'écris moins, pour ne pas dire presque plus. Vers deux heures, je file sur le campus pour voir ce qui pourrait bien m'arriver dans ma routine. Avant de partir, Robert me refile une liasse de poèmes inédits d'Alexandre Cormier en me disant :

– Je pense que tu vas aimer ça.

Rendu sur le campus, je décide d'aller prendre une bouchée à la Petite Caf', à l'édifice Taillon. Je m'installe dans le fond avec mon hamburger, mes frites et mon journal. Frederic Wilson apparaît en me lançant un « Salut Uaertuag Niala ! » Il a cette manie de virer les noms à l'envers en rencontrant les gens. Avec Frederic, on s'amuse beaucoup avec les mots et la langue. Il poursuit une recherche spirituelle très poussée axée sur une mixture de la Rose-Croix et des religions orientales. On s'est connu par l'entremise d'amis communs. Il me trouve intense parce que je fume avec l'air d'aimer ça.

– La Petite Caf' me rappelle toujours un poulailler, dit-il.

– C'est vrai qu'en fermant les yeux on entend un caquètement et un piochage dans les assiettes…

– Excepté que les poules savent au moins ce qu'elles veulent.

Il me demande si je vais au Kacho plus tard. Comme je suis encore en convalescence des excès d'hier, je le doute fortement, que je lui dis. Il m'invite à faire un tour chez lui pour écouter de la musique et parler.

Frederic habite rue Cameron, entre la John et Mountain Road, un peu plus haut que chez Robert Landry. Son appartement ne contient que l'essentiel, un dépouillement d'ascète. On se retrouve dans la cuisine.

– Comme des vrais Acadiens, dit-il.

Il commence à me raconter une expérience visionnaire récente qui l'a un peu troublé, puis il s'arrête subitement.

– Je ne devrais pas trop te parler de ces affaires-là... Tu n'es pas assez évolué dans ton cheminement spirituel, qu'il me balance sur la gueule.

– Va chier, Frederic !

– Ne le prends pas comme ça... Je sens ton intelligence s'éveiller aux manifestations de l'esprit, ben on dirait que, malgré ça, tu préfères t'enfoncer de plus en plus dans la matière.

Je sursaute.

– Je n'ai pas à m'enfoncer dedans. Je suis déjà dedans, pareil comme toi. J'habite un corps, pareil comme toi. Peux-tu m'expliquer ce que ça me donnerait de me garrocher à genoux deux heures par jour devant une chandelle pour méditer... une chandelle faite de cire, de la matière sale ? T'as pas honte !

– Tu comprends tout à l'envers...

– C'est quoi l'endroit ?

– Je peux te passer un livre qui l'expliquerait...

– C'est trop de matière pour moi.

Et ainsi de suite, tout au long de la soirée.

Vers onze heures, je lui demande si je peux prendre un bain, car je me sens gluant.

– Fais comme che' vous.

Je me détends dans un bain chaud pendant un long moment de quiétude. Frederic écoute la radio dans l'autre pièce. Quand je sors de la salle de bain, il me regarde avec un petit sourire malin.

– Je ne sais pas ce que tu comptes faire astheure, mais moi je vais me coucher et je me rappelle pas t'avoir invité à dormir icitte.

– Tu m'as dit tout à l'heure de faire comme che' nous, ben tout de suite j'ai pas le goût de rentrer chez moi, ça fait que je couche icitte, avec toi. C'est ça que je compte faire si tu veux vraiment savoir.

Il continue de me regarder d'un air enjoué en se dirigeant vers la chambre à coucher, et je le suis.

Nous nous glissons sous les couvertures où nos corps se retrouvent avec avidité. Nous allumons la fièvre de nos sens et toutes nos fibres s'embrasent dans les gestes de l'amour : souffles et sueurs jusqu'aux convulsions de l'orgasme. Je me laisse aller au sommeil dans la chaleur réconfortante de sa présence.

Je me sens entrer dans un état d'alourdissement et j'ai l'impression d'étouffer. Ce sentiment fait place à une sorte de champ vibratoire qui m'enveloppe des pieds à la tête. Soudainement, mon corps n'obéit plus à la gravité ; il s'élève comme un ballon dans la pièce. J'ai du mal à comprendre ce qui m'arrive. Dans un état de confusion qui se situe entre la peur et l'émerveillement, je flotte légèrement et, en ouvrant les yeux, j'aperçois au-dessous de moi la ville de Moncton, ses rues et ses édifices que je regarde avec étonnement.

Une force m'attire vers le firmament, me propulse dans l'espace où je tourne sur moi-même à une vitesse vertigineuse sans ressentir aucun étourdissement. Je continue de monter plus haut avec célérité, absorbé par la fascination d'apercevoir des astéroïdes. Je suis devenu poisson aérien dans l'immensité d'un bleu noir froid sans que le froid ne m'atteigne. Je me sens libre et exubérant. Je crois encore rêver, mais je suis très conscient de tout ce qui m'arrive. Je sais qu'une partie de moi traverse des galaxies comme une sonde de lumière.

Le retour s'amorce, et je vois la planète Terre, organisme vibrateur. Je me dirige vers le continent nord-américain. Je focalise sur la côte est, les provinces de l'Atlantique, le Nouveau-Brunswick. Je reconnais le détroit de Northumberland et puis la rivière Petitcodiac, en forme de coude. La plongée s'accélère et je fonce sur le parc Victoria et sur la rue Cameron. Chaleur et lourdeur dans mon corps. J'ouvre les yeux et je vois Frederic qui m'observe. Il me serre fort contre lui.

– Comment t'as trouvé ça?

Je n'arrive pas à trouver les mots pour parler de cette expérience pendant le déjeuner. J'avale mon café en dévisageant Frederic, ressentant un mélange d'ébahissement et d'incrédulité. En sortant dehors, je sais que je ne verrai plus jamais la rue Cameron de la même manière et je tourne à droite, sur Mountain Road, en direction du campus.

Quelques semaines plus tard, Frederic Wilson part pour les Indes.

Chapitre 2

Je me sens glisser vers une vie nouvelle. Anne-Marie Doucet chante *Season Of The Witch* pendant que nous déambulons sur la rue Archibald un soir de pleine lune. Elle arrive de Toronto où elle était partie acheter 1 000 *caps* d'acide sur buvard à motifs de grenouilles.

Nous respirons un peu mieux que tout à l'heure, vu les déboires de l'après-midi. En sortant de la Faculté des arts, Anne-Marie s'était aperçue qu'elle avait oublié ses buvards dans un livre de physique, sur une table du Cube. Panique et paranoïa. Je lui suggère d'appeler les agents de sécurité pour leur demander, le plus innocemment du monde, s'ils avaient trouvé un livre de physique. Jamais ils ne se douteraient de quoi que ce soit. En effet. Ils lui ont remis le livre en faisant allusion aux belles grenouilles minuscules qui figuraient sur ces pages-là. On a bien ri.

J'avale mon premier *hit* d'acide. Je me sens glisser vers une vie nouvelle, parmi les signes de mon temps. Je commence à débouler mentalement vers la notion de « nous », de ceux qui font partie de cette tribu. Un étrange sentiment s'éprend de nous comme si nous étions à un carrefour de l'univers, c'est-à-dire exactement là où nous devions être. Tout semble nous arriver : les musiques fastes et planantes, l'été de Pink Floyd, des mutations de la conscience, des changements profonds qui s'opèrent dans l'immédiat. Des indices surgissent de partout, et nous basculons continuellement sur des impressions de déjà-vu. *You are the crown of creation* annonce en plus Jefferson Airplane.

Roger Doiron et quelques amis louent à Pointe-du-Chêne un vieil hôtel désaffecté qu'on nomme sur-le-champ le Holiday Inn. De curieux personnages apparaissent dans le paysage. Ils arrivent de Vancouver, de New York, de Québec ou de nulle part. On entend des expressions comme *groovy*, ben gelé, *spacé out*. On baptise les chats Haschich, Clitoris, Éloizes. Tout se tisse autour d'une fabrication spatiotemporelle qu'on appelle « chez nous ». La marijuana sert de colle à cet ensemble. C'est l'été de 1973. D'ailleurs, on a l'impression que ce sera éternellement l'été de 1973.

Ainsi, nous flottons d'un lieu à un autre. Les rencontres se recoupent ; nous découvrons l'intersubjectivité. Je sais que tu sais que je sais. Les vibrations palpables des autres entités qui m'entourent me vargent dans le plexus solaire. Une sensation de cénesthésie domine mon univers mental. Un simple regard devient chargé de sens ; tout commence à avoir un sens à des niveaux fantasmagoriques. Quelle boîte de Pandore psychique avons-nous ouverte ? Je ne me questionne plus sur le risque de virer fou. Je le suis devenu.

Vers la fin de l'été, j'ai l'impression que le milieu me vampirise, que je n'ai aucun contrôle sur ce que je pense et ce que je fais. Je décide d'aller refaire mes forces chez mon oncle, à Bouctouche. Une fois rendu là, mon angoisse face au monde ne se dissipe pas. Au contraire, je la sens constamment en veilleuse, mais je me dis qu'ici, en atténuant la frénésie des derniers temps, j'arriverai peut-être à y voir plus clair. Je me surprends à écrire des poèmes à saveur nostalgique dans le genre: « Les vieux mots du pays s'enracinent dans le territoire reconquis… » J'écris cela sans vraiment y croire. J'écris pour écrire simplement, pour m'accrocher à quelque chose. Ce qui me surprend, c'est que le goût d'écrire demeure, que ce besoin, d'où qu'il vienne, ne me quitte jamais.

À la fin août, Pierre-Paul Léger m'offre un emploi au bureau de Jeunesse Canada Monde. Je n'hésite pas à gagner Moncton. Une saison moins rocambolesque semble poindre à l'horizon, et voilà que Gilles Robichaud revient dans ma vie. Comme les Éditions du Pays se montrent intéressées à produire un livre de lui, il me demande de lui donner un coup de main dans le choix des textes. La confiance qu'il me porte me fait chaud au cœur, et je me replonge de plain-pied dans l'écriture.

Le quotidien devient poésie. En marchant, en flânant, en mangeant, en baisant, nous parlons continuellement de poésie. Nous lisons à haute voix les poètes qui se trouvent dans nos sacoches ce jour-là. *Le roman inachevé*, d'Aragon; *Charmes de la fureur*, de Michel Beaulieu; *Jukeboxes*, de Claude Pélieu, duquel je cite: « Sur les ondes courtes et longues de mon âme-radio la faim Rock & Roll plonge dans le firmament. » Gilles réplique avec du *Coney Island Of The Mind*, de Lawrence Ferlinghetti: « *I am waiting for my case to come up/and I am waiting/for a rebirth of wonder*», ou encore avec du Jacques Prévert.

Entre les dérives en ville, les lectures de poésie et les rencontres d'amis, son recueil prend forme. Il décide alors de louer une machine à écrire IBM pour mettre le manuscrit au propre.

Tel que convenu, nous nous enfermons dans une chambre à Bouctouche pendant une longue fin de semaine. Je tape minutieusement ses poèmes en fumant des joints, alors que Bob Dylan hurle sur le *pickup*. Nous butons parfois sur l'épellation, nous demandant, par exemple, si «poutine» prend un ou deux «n», et nous voilà à pouffer de rire au plaisir que nous procurent les mots de notre réalité.

Nous prenons une «récréation» comme il dit, en marchant longuement jusqu'au Village des Collette ou au Fond de la Baie. Parfois, nous nous asseyons simplement sur le quai. Je lui parle alors de mon enfance passée ici, de mes histoires de famille.

En marchant le long du quai, je me revois enfant en train de découvrir la magie d'apprendre à déchiffrer les premiers mots. Puis à l'école, où je dévorais les livres au programme dès les premiers soirs du début de l'année. La passion des mots m'absorbait à un point tel que je m'étais mis à écrire mes propres contes sur des endos de feuilles et dans des cahiers.

Un peu plus tard, quand nous sommes passés aux lectures plus avancées et que nous apprenions par cœur des passages des grands auteurs français, j'aimais par-dessus tout La Fontaine. Je répétais ses *Fables* avec plaisir pour entendre sortir de ma bouche ces phrases parfaitement ciselées qui me procuraient des frissons de bonheur.

Mais je comprenais que les envolées épiques d'Hugo et les méditations romantiques de Lamartine ne reflétaient pas ce que je vivais. Je rêvais déjà d'écrire sur mon milieu avec les mots que je connaissais et les nouveaux mots que j'apprenais comme un affamé.

J'éprouvais cependant de la tristesse à l'idée qui me venait par intuition, de façon inarticulée, qu'il ne me serait jamais possible d'écrire comme les maîtres français si je voulais raconter ce qui me bouillait dans les tripes.

En marchant avec Gilles, je constate que les premiers pas vers la mise au monde de notre univers en mots se déroulent sous mes yeux et que je n'ai plus à rougir de mon projet de jeunesse et encore moins de mes origines modestes.

Gilles Robichaud me demande à quel moment je vais raconter tout ça dans un livre.

– J'y pense, mais avec tout ça, on n'a toujours pas de titre pour ton recueil.

C'est septembre et c'est Moncton. Une sorte de fièvre s'empare de la ville avec la rentrée universitaire et les familles qui reviennent des chalets à la fin de l'été. Plutôt que de prendre le chemin du campus maintenant, je me rends au bureau sur Mountain Road. Mon travail consiste à faire suivre le courrier interne, à taper quelques lettres et à répondre au téléphone. Ce n'est sûrement pas ici que je compte m'éreinter.

En fin d'après-midi, en sortant du bureau, je me promène souvent en ville. Je m'imprègne de son rythme, de ses rues, de son affichage unilingue et de ses langues oscillantes. L'effet me déroute souvent. J'ai l'impression que ma langue n'appartient pas à ce décor, tout en sachant qu'elle habite cette ville depuis toujours, subtile et séditieuse. Je remarque, après avoir décidé de ne plus parler anglais nulle part, que je l'entends moins. Ou plutôt le français passe au premier plan, entouré d'un bruit autre, comme celui d'une radio qui joue dans une pièce à côté. Ainsi, je circule dans ma langue en explorant ma ville.

Je passe m'acheter une bouteille de vin au magasin des alcools de la rue Main. Je monte ensuite la Botsford en admirant les vieilles maisons au caractère singulier. Je continue à marcher en pensant que ces maisons ont sans doute été bâties par des Acadiens au début du siècle ou dans les années 1910 ou 1920. J'emprunte la rue St. George pour me rendre jusqu'à la Cameron. Je constate que ces autres maisons à l'architecture originale sont aujourd'hui habitées par des Acadiens. En m'asseyant dans le parc Victoria avec son canon hideux et son monument de guerre, le temps de griller une cigarette, je me dis qu'il y a des changements curieux qui s'opèrent dans cette ville.

Robert et Régine ont déménagé au 62 Beechwood Terrace avec Alexandre Cormier et Lyne Bureau. Gilles Robichaud et moi allons les retrouver à l'occasion pour des soupers extravagants et des discussions enfiévrées.

Alexandre Cormier m'inspire beaucoup de sympathie. De ce temps-là, quand il me rencontre, il déclame une citation de Bertolt Brecht : « L'homme qui rit n'a pas encore entendu la mauvaise nouvelle ! »

Ce qui ne manque jamais de me faire éclater de rire.

Il encourage toute création. Comme Robert, il me dit qu'il nous faut créer continuellement et le plus possible pour que la vibration émanant de nous en tant que peuple se fasse sentir à travers la galaxie. Je lui fais remarquer que ce n'est pas un petit projet, et il me répond que rien de moins ne fera l'affaire.

⁜

Le directeur des Éditions du Pays m'informe qu'il y aura une séance de brochage du livre de Gilles à la Faculté des arts. Pour minimiser les coûts et faire « contre-culturel », le livre sera broché à la mitaine. Pourquoi pas ? Un groupe d'amis se retrouvent dans la fumée d'usage autour d'une longue table. Ils ramassent les feuilles en faisant le tour de la table jusqu'à ce qu'une section soit complète et qu'enfin un livre entier soit assemblé.

Le mouvement de l'automne s'amplifie. Alexandre Cormier et Lyne Bureau quittent le 62 Beechwood Terrace pour emménager dans un autre appartement. Robert et Régine m'invitent à les remplacer.

La cuisine devient le lieu de prédilection, comme il se doit. Avec Régine, je peux discuter de musique pendant des heures, approfondir davantage le vocabulaire de cet art, découvrir d'autres pistes. Avec Robert, nous parlons de poésie comme toujours, et depuis qu'il s'applique à l'étude de Marx, j'explore le marxisme. Je me sens choyé de me trouver ici. Depuis mon plus jeune âge, je rêvais de vivre en appartement avec des êtres dont la sensibilité s'accorderait à la mienne.

Après avoir consulté Robert et Régine, je demande à Gilles s'il désire que nous vivions ensemble. Il accepte gaillardement, et une vie commune prend forme.

Comme je travaille au bureau le jour, Gilles prend l'habitude de passer ses journées au Joint. À l'heure du souper, il arrive la plupart du temps très *stoned*. Entre le mutisme et des bribes de phrases énigmatiques, son comportement commence à peser sur tout le monde. Dans notre chambre, j'essaye de lui expliquer, du mieux que je peux, que je considère le fait qu'il passe ses journées à ne rien faire comme une perte de temps. Il n'y voit pas de mal.

– Ce n'est pas que c'est mal, c'est juste curieux qu'après une journée plate au bureau, j'ai l'impression de retrouver une boucanière.

Il se pâme de rire en ajoutant :

– Je t'aime ben, mais complique-toi pas la vie avec ça.

On reprend les gestes de l'amour jusqu'aux cris. Je m'endors en espérant que tout se réglera.

Samedi avant-midi, pendant que je nettoie la chambre, je découvre des seringues entre le matelas d'occasion sur lequel nous dormons et le plancher. Malgré l'horreur que j'éprouve, je reste calme, voulant aborder le sujet avec Gilles sans piquer de crise de nerfs. Lorsqu'il se pointe un peu plus tard, je commence :

– Je savais pas que tu te piquais...

Il me répond, comme s'il s'agissait de la chose la plus normale au monde :

– Ben oui...

Je lui avoue que j'ai de la misère avec ça, que fumer un joint ou prendre une petite *snort* de mescaline, bon, pas de problème, mais l'idée de se planter des aiguilles dans les veines, j'ai un peu de misère à le prendre.

Il ne s'en fait pas pour autant.

– J'aime ça moi. On fait de la *speed* ou des fois on peut se faire des combinaisons avec différentes pilules, des dérivés de morphine. C'est pas mal *groovy*…

– Non, Gilles, tu t'es ramassé à l'hôpital l'hiver passé avec des histoires comme cecitte pi voilà que tu recommences, ça fait que je trouve pas ça *cool* pour une minute, comprends-tu ?

– Alain… Arrête don' de me faire la morale…

Je finis par lui dire qu'il peut bien se piquer à l'eau de Javel ou au *peanut butter* s'il le veut, mais il ne peut pas exiger que je reste là sans rien dire.

– Ça c'est ça.

– Oui.

Il commence alors à ramasser ses affaires, et j'éclate en sanglots.

– Prends pas ça comme un affront personnel. Je veux juste faire ce que j'ai le goût de faire, pi j't'aime pas moins pour ça.

Je reste là, sidéré. Il rentre chez lui et je me tape une dépression de taille. Je vois en lui quelque chose qui me ressemble et qui me fait peur. Le fait qu'il se balance du qu'en-dira-t-on, qu'il vive sa vie comme il l'entend, sans souci, c'est un exercice de liberté que je devrais applaudir, mais je ne ressens qu'un profond malaise. Je n'arrive pas à rationaliser ce qui ressemble à de l'autodestruction.

✣

Son absence me dévore. J'entre dans un état d'anxiété continue. Mes anciennes obsessions remontent à la surface. Je me surprends à me culpabiliser avec des réflexions du genre: «Si j'avais fait ceci ou peut-être si j'avais essayé ça.» Je tente de me ressaisir, avant de sombrer complètement dans le ridicule et de caler trop creux dans la dépréciation personnelle, en me disant que ce qui est arrivé était inévitable.

Régine et Robert sympathisent avec moi. Ce dernier insiste pour que j'écrive mes états. Je m'y abandonne sans conviction, surtout que je constate que j'explore le gratte-bobo de façon assez maladive. On dirait une complaisance dans le malheur, le syndrome du «pauvre de moi». Certaines images ressortent de tout ce fouillis, et celles qui ne frisent pas trop l'état pathologique me paraissent réussies. À mes yeux, il s'agit d'une piètre consolation pour ne pas être aimé.

En peine d'amour et d'incompréhension, je finis par échouer au Kacho de plus en plus. Tout va de guingois, alors autant arroser l'affaire. Il fait toujours aussi noir au Kacho. Ça ressemble parfois à un aquarium enfumé, à un film de science-fiction, même que certains soirs ça ressemble à l'enfer accompagné d'une bande sonore stridente. Je renoue avec des compagnons de classe de l'année dernière. Arborant un T-shirt qui dit: «La réalité est une illusion créée par le manque d'alcool», je m'installe à table avec Ti-Col Richard et Paul Gauvin.

Ti-Col Richard est un dur à cuir aux opinions catégoriques. Il trouve les Anglais «immondes» et il a beaucoup de misère à tolérer les Québécois, qu'il appelle « les Tabarouettes ».

– C'est du monde au nombril de plastique qu'avont pas de manières… I' sont éffrontés, i'avont un accent qu'est dur à comprendre en plusse, pi i' s'en venont par-icitte parce qu'i' pouvont pas s'endurer entre z-eux dans la Belle Province. Une fois qu'on a fini par comprendre quoi c'est qu'i' nous disont, on s'aperçoit qu'i' asseyont de nous expliquer à nous autres mêmes !

Une fois parti sur le sujet, sa verve devient intarissable. Ti-Col ne parle jamais de Moncton, mais du Coude, le nom que lui avaient donné les premiers Acadiens à s'installer le long de la rivière Petitcodiac au dix-huitième siècle. Sa version de l'histoire de l'Acadie ne manque pas de piquant.

– Les ancêtres des Acadjens avont halé de la France parce qu'i' étiont tannés de se faire étchœurer par le Roi pi par la *goddam* d'Église catholique. I'avont venu icitte pis i'avont devenu des Acadjens pour pouvoir se mettre quand i' vouliont avec tchiesse qu'i' vouliont sans se faire achaler !

Selon Ti-Col, l'Acadien est foncièrement anarchiste et habité d'une méfiance génétique à l'endroit du clergé.

– On devrait botter le tchu' aux tchurés pi aux corneilles pi reprendre les églises. On pourrait monter des pièces de théâtre de Jean Genet sur l'autel. Oubedon des extraits des livres du Marquis de Sade. Au moins, faire des frolics ! Pareil comme en 1848, quand les Acadjens avont pris l'église de Notre-Dame-de-Kent en goddammant dehors le curé Gagnon, un autre Québécois qui les volait !

Quant à Paul Gauvin, c'est l'homme aux projets. Chaque fois que je le rencontre, il prépare une affaire ou une autre. Il ne s'encombre pas de choses aussi anodines que les faits ou le réel. Il suffit de « lancer l'idée », comme il dit, et tous les éléments, y compris l'argent et l'équipement, apparaîtront pour que ladite idée puisse se réaliser.

– *We have connections*, chuchote-t-il.

Ce soir, son nouveau projet consiste à tourner un film vidéo de 24 heures avec des artistes de la région. Je l'interroge sur le but de cette entreprise, et il sourit de toutes ses dents et s'élance :

– *Hey man* ! tu mets une vingtaine d'artistes ensemble, c'est sûr qu'i' va se passer quelque chose !

– Je veux bien, mais qu'est-ce que tu comptes en faire ?

– Rien ! C'est ça la beauté de l'affaire ! Tu laisses juste les choses arriver. C'est original, c'est naturel ! Nous autres, les Acadjens, on en a des tonnes de naturel !

Je lui demande quel public il vise, enfin qui pourrait bien être intéressé à regarder une bande d'énergumènes s'agiter pendant 24 heures d'affilée, surtout qu'il ne compte faire aucun montage. Il se pompe :

– Tout le monde, *man* ! *Wow* ! Peux-tu voir ? C'est la première fois qu'on pourra se voir comme on est vraiment pour 24 heures ! Qui c'est qui voudra pas voir ça ?

Il pourrait commencer avec l'annuaire de Moncton, que je lui suggère.

Il me demande ce que je fais en fin de semaine et si je veux participer à son tournage-marathon. Je lui réponds, en riant, que je travaille très fort à un livre.

– Quel genre de livre ?

– J'écris un *fuck book* !

Ti-Col Richard trouve ça *right on* et me dit :

– Je peux t'aider si tu veux. Joue-moi du Jimi Hendrix pis je te mettrai ! Ma belette est communiste !

Maintenant que je reçois la folie pure en stéréo, le moment est tout désigné pour aller me chercher une autre bière au bar.

⁜

Malgré mes randonnées au Kacho ou à la Lanterne, malgré mes nuits d'alcool et tout le reste, je n'arrive pas à oublier Gilles Robichaud. Il me téléphone tous les deux ou trois jours. Il me raconte ses déboires et ses expériences avec les drogues en m'invitant à le joindre. Je lui dis que le *party* semble prendre toute la place chez lui et qu'il reste pas grand-chose pour moi. Parfois, j'ai l'impression qu'il me lance un « au secours », mais il se pourrait aussi que ce soit une projection de ma part. Les conversations se déroulent amicalement, et je me dis qu'on se retrouvera un de ces jours. N'empêche que, quand je raccroche, j'ai toujours le cœur gros.

Je me laisse aller un peu plus que je le voudrais. À mon grand désarroi, je constate que je passe de plus en plus de temps au Joint. Prendre son temps, tuer le temps, le temps d'une *toke* à l'autre. J'arrive lundi matin pour entendre Jean-Marc LeBlanc demander à mon *pusher* :

– Quoi ce qu'est le degré d'ahurissement de ta *grass ?*

Ça commence bien la semaine, d'après ce que je peux voir.

Mon *pusher* avait décidé de faire des recherches sur l'Acadie avec quelques amis. Ils fouillaient dans les

Archives acadiennes et dans les encyclopédies, n'y allant pas de main morte pour faire des projections personnelles. Il me raconte qu'il vient de découvrir que l'Acadie, c'était autrefois, loin dans le temps, l'Akkad, une région de l'ancienne Mésopotamie dont les habitants s'appelaient les Akkadiens. Nous avons déjà existé, nous serions originaires de là. Nous avons transmigré, pour nous réincarner ici au dix-septième siècle, tributaires d'une mission secrète. Après une heure d'explications particulièrement hallucinantes, où il est question d'aboiteaux, de chiac, de langue codée et de chanvre indien, mon *pusher* me demande si je trouve ça *groovy*. Je réponds que oui, mais je me dis en moi-même qu'il ne faudrait pas que je fume trop souvent avec ce monde-là.

Je multiplie les activités et les sorties. Je relis *On The Road*, de Jack Kerouac. En pleine lecture, le goût de décoller m'assaille. Le livre repose sur la table alors que ma tête s'envole vers des ciels de rêve : ô Californie, ô Mexique, ô Louisiane ! Mes rêveries de pays ensoleillés durent un moment, et je finis par atterrir en me rappelant que je ne suis pas Jack Kerouac, mais bien Alain Gautreau, et que je travaille démesurément dans ma tête sans prendre la plume. Cette réalité me ramène sur le plancher des vaches. Je broie du noir, car je sais que même si je partais ailleurs, j'amènerais mon aliénation dans mes bagages. Pourquoi me questionner continuellement ? Sur le plan le plus quotidien, quand je déprime à Moncton, je voudrais me retrouver à Bouctouche. À Bouctouche, j'ai la bougeotte pour Moncton. J'ai l'impression que je ne veux plus être où je suis.

⁘

À la mi-décembre, le directeur des Éditions du Pays me demande de présenter Gilles Robichaud au lancement de *Mémoire électrique Blues*. C'est avec grande émotion que je prends la parole devant une centaine d'invités pour témoigner de l'originalité et de l'importance de cette œuvre. Après ma présentation, Gilles vient lire sur les marches qui descendent au Cube. Il me dédie le premier poème.

Tout au long de la soirée, il m'observe. J'ai l'impression que nos regards se croisent à chaque fois que je lève les yeux. On se parle à quelques reprises en marmonnant des lieux communs dans une danse aux mouvements contradictoires du vouloir et du pas vouloir se retrouver. Le lancement va bon train, la cocaïne commence à circuler et la soirée se passe sans grand déchirement, si ce n'est d'une tristesse tactile entre nous deux.

J'entrevois l'arrivée des fêtes avec lassitude. Comme à l'accoutumée, cette période de fausse joie m'inspire la déprime et, depuis quelques années, je réussis à éviter de passer Noël en famille sans provoquer trop de crises. Robert et Régine s'en vont dans leurs foyers respectifs. Moi, je ferme tous les rideaux de l'appartement et je débranche le téléphone. Je me roule de nombreux joints et je sors un paquet de disques. Je décide d'oublier Noël en me noyant dans l'alcool et en m'évaporant dans la petite fumée avec l'idée qu'une fois passées les fêtes, la vraie vie reprendra.

Depuis la parution de *Complaintes d'ici* et de *Mémoire électrique Blues*, je commence à ressentir que tout ce que j'écris est imprimé du style de mes deux amis. Je suis convaincu qu'ils ont dit l'essentiel et que je ne fais que radoter. Si j'utilise le mot « Acadie » ou « Moncton », ne verra-t-on pas aussitôt que je singe leurs projets ? Je tente d'écrire autre chose qui ne me ressemble plus et je me décourage à l'idée que je n'arriverai jamais à développer un style personnel.

Je reprends la lecture de Jack Kerouac et, plutôt que de m'abandonner à la rêverie, je commence à écrire les effets ressentis. J'élabore un plan d'écriture qui aura Moncton pour thème. Je veux traduire en prose un état d'esprit, rechercher le sens que prend pour moi cette ville. Je souhaite inscrire l'immédiat dans un chant impressionniste rempli de chutes et de fulgurances.

Je tiens bon pendant une vingtaine de pages d'écriture assez emportée, et là, je paralyse. Aussitôt que je reconnais avoir trouvé un rythme convenable, je bloque. Je n'arrive pas à aller plus avant. Je me dis que je suis trop éparpillé et je blâme mon emploi qui m'enlève toute volonté. Mon travail au bureau me pue au nez de plus en plus. J'en fais une véritable maladie. Comme j'ai cessé d'écrire, ma logique tordue en déduit que si je quitte mon emploi, la créativité me reviendra.

J'explique ce raisonnement à Pierre-Paul Léger, qui semble comprendre. Du moins, il se montre sympathique à mes expérimentations psycholittéraires. Il me remet sur-le-champ mon certificat de cessation d'emploi, et j'ai enfin accès au monde merveilleux de l'assurance-chômage.

Au bout de deux ou trois semaines, mes premières prestations d'assurance-chômage commencent à rentrer, mais je n'écris guère plus qu'avant. Je lis davantage cependant. Suivant la suggestion de Robert, j'entreprends Boris Vian. Et je me lance à corps perdu dans les livres d'Alain

Jouffroy, de Witold Gombrowicz, de Paul Goodman, d'Amiri Baraka et de Marguerite Duras. J'y découvre autant d'univers que de styles et je réfléchis à la façon dont je pourrais bien arriver à articuler ce que je traverse en ce moment, à mettre en mots ma vision du monde.

Je continue de fréquenter le Kacho. D'ailleurs, je me rends compte que ma consommation d'alcool et de drogues augmente. Porté par une vague d'euphorie à l'idée de ne plus travailler de 9 à 5, je ne m'en inquiète pas outre mesure.

Pour me dégourdir, je décide de taper au propre les poèmes des deux dernières années et de les brocher. Je relis le manuscrit sans rebondir de bonheur et de suffisance, mais certains textes me semblent pouvoir soutenir un regard critique. Robert continue de me faire des commentaires positifs au sujet de mon « style », alors que je n'y vois que des échos de mes lectures. Je prends la ferme résolution de ne pas me laisser emporter par le découragement, en me disant avec conviction qu'il faut continuer d'écrire pour aboutir à des résultats. Je répète l'évidence comme un mantra.

L'idée d'une grande fête populaire commence à circuler, et Roger Doiron s'embarque dans la préparation du Frolic acadien. Il tient à ce que l'on regroupe jeunes et vieux dans un grand spectacle, qui comprendrait toutes les musiques produites en Acadie. Un Woodstock à nous autres, dit-il. J'accepte de rédiger des communiqués de presse et de m'occuper d'autres tâches du genre, car je m'emballe pour ce projet.

Depuis que je ne travaille plus, je passe un peu plus de temps à Bouctouche. Je m'y rends deux ou trois jours par semaine. Je réfléchis sur mes origines, sur la façon dont elles ont imprimé ce que je vis aujourd'hui. En gagnant Bouctouche, je me retrouve dans un contexte villageois où tout semble rangé et balancé et où tout est à sa place. Je m'y sens bien. Je prête attention à l'humour railleur des gens, à leur moquerie narquoise. Ça me renvoie forcément à ma jeunesse, et je ressasse les souvenirs de mon enfance.

Chaque matin où je m'y trouve, je descends la butte de chez mon oncle jusqu'au magasin Irving pour acheter *l'Évangéline*. Je prends un plaisir presque malsain à suivre les déboires du Watergate et l'avilissement du président Nixon et de ses apôtres. Plus près de chez nous, j'apprends que cinq incendies ont mystérieusement eu lieu dans le parc Kouchibouguac. Des gestes désespérés des expropriés qui tentent d'exprimer leur impuissance et leur refus devant les administrateurs. Au printemps de 1974, ça ne va guère mieux dans le monde, et les gens d'ici font également les frais de la carence des gouvernements.

Je passe des heures à écrire des lettres-fleuves à mon ami Xavier Roy.

Dans la dernière semaine de juillet, les festivités du Frolic débutent avec un grand spectacle au *Moncton High School*, mettant en vedette Lorraine Diotte et Édith Butler. Roger Doiron, le maître de cérémonies, apparaît sur scène habillé en costume traditionnel d'Évangéline. La salle délire. Le coup d'envoi du Frolic s'avère une réussite sur toute la ligne. La soirée se termine avec la gang des organisateurs du bureau du Frolic.

Alexandre Cormier, qui arrivait d'un voyage à Montréal, se joint à nous. Il me refile un exemplaire du *Clitoris de la fée des étoiles*, de Denis Vanier. Je m'installe dans le portique pour le lire d'une traite en déclamant à haute voix certains vers percutants. Une poésie de combat qu'on se dit, c'est ce qu'il y a dans l'air. Nous sommes d'avis que notre génération est attaquée de toutes parts en raison de ses croyances et de son style de vie.

– *We are constantly under attack*, déclare Alexandre Cormier, citant Andy Warhol en riant.

L'Évangéline vient de refuser de publier les lettres écrites en langue populaire dans l'Opinion du lecteur. Ti-Col Richard rue dans les brancards. Une série de lettres s'ensuit, à commencer par celle de Jos La Cigare du Fond de la Baie. On se sent personnellement visés.

Anne-Marie m'apprend qu'elle vient de décrocher un emploi comme serveuse au bar *Cloud 9*, sis au dernier étage de Place L'Assomption. Le bar fait penser à un vaisseau spatial en panne. Je m'y rends un soir avec Pierre-Paul Léger, histoire d'aller taquiner Anne-Marie et de prendre un verre en regardant Moncton de très haut.

Au cours de la conversation, Pierre-Paul Léger me demande si je serais intéressé à me rendre au Jura, en Suisse. Le Jura a invité la Société nationale des Acadiens à participer à un échange d'informations, une sorte de « mission de reconnaissance », et la SNA tient à y envoyer un représentant de chacune des trois régions acadiennes de la province.

Au début septembre, j'aboutis à Délémont, entouré d'hôtes d'une curiosité saine et d'une grande affabilité. Nous sommes à l'apogée de la verve nationaliste. Les bains de foule sont vibrants, l'air, électrique.

Je déambule dans les rues de Délémont me répétant avec étonnement : « Je suis en terre d'Europe. Je me balade sur un autre continent ! » Je m'amuse à imaginer que j'ai déménagé ici en permanence. « Oui, je suis Suisse, monsieur. Un autre café, je vous en prie. »

Je ne sais plus si je circule dans un livre ou si je joue dans un film. Toujours est-il que c'est le bonheur. Ma joie ne s'épuise pas au fil des jours dans cette ville où l'histoire est omniprésente dans les rues et dans les édifices, où chaque geste est tributaire d'une longue tradition. C'est l'engouement pur et simple, et je songe un moment à ne plus rentrer en Amérique. J'en parle à mes nouveaux amis jurassiens, qui m'écoutent avec sympathie. L'un d'eux, Pierre Rottet, qui était venu chez nous l'été précédent, me signale qu'il existe aussi une passion de l'Acadie, que, chez nous, tout est à faire et que le projet auquel j'appartiens est d'autant plus courageux que nous devons l'élaborer selon notre histoire et nos besoins.

Ce serait sans doute mal venu de leur dire que je me fais chier dans cette Acadie. Pas que j'en aie honte ou que je nous trouve particulièrement demeurés. Ça va plus loin que ce que je pourrais leur expliquer. Ce que j'aimerais leur dire, c'est que chez nous, il est impossible d'oublier que l'on est Acadien. Les contextes économique et politique, mais surtout linguistique nous le rappellent constamment. Je n'ai pas le goût de me lamenter devant eux, quoique, à l'intérieur de moi-même, je me dis que j'aimerais ne plus penser à ça pour un an, pour deux ans, pour toujours…

Mon séjour prend fin tel un rêve. Bref éclair dans le temps. Un souffle avant de me replonger dans ce que j'avais quitté. En revenant, j'arrête à Londres quelques jours. Cette ville me plaît beaucoup, même si je n'arrive pas à l'apprécier à sa juste valeur, étant toujours plein du Jura et de mon retour imminent.

À l'aéroport de Heathrow, je remarque un livre sur la chaise à côté de la mienne. Un livre laissé là, oublié ou je ne sais trop. La curiosité me pousse à le ramasser. La couverture est assez particulière : une montagne en forme de tête avec des chemins qui bifurquent en travers, des cactus parsemés ici et là, un oiseau et, au premier plan, un vieil Indien assis, une couverture sur les épaules. Il s'agit de l'édition de poche Penguin d'un livre de Carlos Castaneda, *Journey To Ixtlan*.

En l'ouvrant, je vois qu'il a été acheté à Paris, au Shakespeare and Company. Je trouve ça à la fois curieux et amusant lorsque je sens un regard sur moi. Je lève les yeux sur un jeune homme blond d'une beauté lumineuse. Il me sourit en disant :

– Tu devrais lire Castaneda... Tu y trouveras des pistes.

Je demeure interdit devant ce qui ne me semble rien de moins qu'une apparition et je salue, en baissant la tête, ce jeune homme. En relevant les yeux, je constate qu'il a disparu, littéralement. Je me dis que la fatigue et la surconsommation de drogues des derniers temps ou je ne sais trop quoi m'ont affecté le cerveau, mais je serre *Journey To Ixtlan* contre mon cœur.

Chapitre 3

À mon retour d'Europe, le monde du 62 Beechwood Terrace décide de déménager. Il faut que je trouve un autre appartement. La chance me sourit, car Pierre-Paul Léger m'offre d'emménager avec lui et un ami de Memramcook, Norbert Léger. L'appartement est situé au 282 de la rue Cameron, plus près du centre-ville.

J'ai aussi la surprise, à mon retour, de voir trois de mes poèmes publiés dans la revue *Acaditout*. Lorenzo Cormier m'avait littéralement arraché les textes des mains en me disant :

– C'est parfait, c'est ce que la revue cherche…

Je demeure très incertain par rapport à la valeur de ces textes et je lui demande sérieusement si ça vaut la peine.

– Énerve-toi pas, j'aime ça. Ça fera chier la gang à *l'Évangéline* pi le campus. Y'est temps qu'i' lisent le mot « bander » sur une page et qu'on leur mette la réalité dans la face !

Je me suis donc laissé convaincre. Maintenant que je vois mes poèmes imprimés sur une page, je trouve l'effet assez étrange. Je lis et relis cette page en me disant qu'il est peut-être temps que je me déniaise et que je fasse ce premier pas vers la publication.

Malgré tout, je n'arrive pas à considérer mes tentatives poétiques comme étant valables. Je ne pense pas maîtriser suffisamment la langue. Je m'emmerde et me dis : « À quoi bon ? » Je voudrais avant tout produire un effet, composer un texte si fort qu'il secouerait le paysage que nous habitons. Oui, je souhaite tout ça, mais c'est encore le goût d'écrire tout court qui me pousse inlassablement vers mes cahiers.

Robert m'explique que la peur de parler haut et fort, tout comme celle de s'exposer à la critique en publiant, est compréhensible. Il considère que cette peur est atavique chez les Acadiens et qu'il nous faut la surmonter pour pouvoir retrouver une parole libre devant l'autorité, qu'elle soit religieuse, politique, voire grammaticale ou lexicale. Le travail que nous faisons sur la langue doit démasquer tout ça. Il conclut :

– Ne sois pas si dur envers toi-même. Écris ; c'est ton rôle dans le projet acadien.

J'intègre ma nouvelle demeure, une grande maison noire et imposante qui loge deux immenses appartements. Celui d'à côté est occupé par des étudiants que je connais. De plus, la maison est située à une centaine de pieds du parc Victoria, et nous sommes entourés d'arbres.

Comme je change de lieu, je me propose de changer d'habitudes. Je me promets d'écrire chaque matin, vaille que vaille. Norbert Léger se lève très tard, j'ai donc la table de cuisine à moi au réveil. Je me sens d'aplomb ce temps-ci de l'année. Entre la fin de septembre et le début d'octobre, mon énergie de Balance bat son plein.

Mais les excès commencent à se faire sentir en ville. Diverses substances chimiques d'origine suspecte circulent. Comme il devient impérieux de tout essayer, les résultats sont parfois troublants. Des amis font des marathons d'amphétamines, de mescaline et d'*angel dust* et passent la nuit à refaire le monde autour d'une chandelle. On parle vite et avec insistance ; un autre monde semble à portée de la prochaine pilule.

Pour ne pas être en reste, une fin d'après-midi, je décide d'avaler environ le tiers d'un gramme de mescaline. Je commence à *buzzer* légèrement lorsque je reçois un coup de téléphone d'Anne-Marie.

– As-tu dix piastres à me passer ?

– Pas de problème. Où c'que t'es rendue ?

– Au Shopper's Drug Mart. Il me manque sept piastres pour une couple de prescriptions, pi les *sons of whores* voulont pas prendre de chèque personnel.

– Ça fait-i' pas chier, hein ? *But* pour le dix piastres, viens le chercher. Y'a pas de problème.

– Viens me le mener !

– Anne-Marie, je suis défoncé jusqu'aux eusses.

– Si tu viens pas, je vas tout défaire la place.

– *Come on*, Anne-Marie.

– *I mean it.*

– O.K., O.K., j'arrive.

J'appelle *Roger's Cab* et je demande pour Sally qui comprendra mon état et celui d'Anne-Marie. En arrivant à la pharmacie, sur Mountain Road, je l'aperçois en train de parler à un jeune enfant. Ça l'aura sûrement ramenée sur terre, que je me dis. Je m'approche avec le dix dollars. Dès qu'elle me voit, elle m'arrache le billet des mains en criant :

– *They're trying to get me but they're gonna get more than they bargained for!*

– C'est O.K., Anne-Marie, du calme…

Elle se précipite vers le comptoir du pharmacien, où elle flanque l'argent et l'ordonnance en lui commandant :

– *Fill 'er up, turkey!*

Pendant que le vieux pharmacien s'occupe de l'ordonnance, Anne-Marie fulmine toujours. Elle commence à se promener entre les étagères en piquant une bouteille de Perrier, deux ou trois contenants de vitamines, un petit paquet de Kleenex. Je la suis en chuchotant entre mes dents :

– Anne-Marie, arrête de t'affoler… Ça va mal finir…

Avec un regard ardent, elle fixe le plafond et hurle à tue-tête :

– *The black clouds hanging over the purple haze will not prevent us from absorbing the energy of our Master the Sun King!*

Quand elle repasse devant le comptoir, le pharmacien lui tend son ordonnance, qu'elle lui arrache des mains avec emportement. À la caisse, elle refile l'argent à l'employée. Une fois l'opération terminée, elle débouche un des flacons de pilules, en vide cinq ou six dans sa main, ouvre la bouteille de Perrier et me demande :

– En veux-tu ?

– Tout ce que je veux, c'est qu'on hale d'icitte pour l'amour du chrisse.

Sans broncher, elle gobe ses pilules, ouvre sa sacoche encore plus grande, où tout ce qu'elle vient de piquer apparaît avec évidence. Elle avale goulûment une gorgée de la bouteille de Perrier et déclame avec force :

– *They're trying to stop me from taking my medicine!*

They just want to show their power but they ain't got the power to stop me!

Elle répète la même cérémonie avec un autre flacon, et maintenant c'est l'aria dans la pharmacie. Des clients attendent en file pour payer leurs achats et regardent Anne-Marie avec inquiétude. Personne n'ose dire quoi que ce soit, sans doute par crainte d'aggraver une situation déjà explosive. Finalement, elle garroche ses diverses bouteilles et pilules et son Perrier dans sa sacoche et se dirige vers la sortie. En ouvrant la porte, elle crie :

– *Don't fuck around with the niggers of this city!*

Nous montons dans son camion. Ne prenant pas la peine de regarder ni à gauche ni à droite, elle démarre à toute vitesse en plein milieu de Mountain Road. J'ai l'impression de jouer dans un mauvais film pendant le trajet jusqu'à chez moi. Elle stationne abruptement devant la porte du 282 de la rue Cameron, après avoir brûlé tous les feux rouges en chemin. Je me tâte la tête pour savoir si elle est encore en place.

Je fais bouillir de l'eau pour une tisane. Un cri déchirant me paralyse devant le poêle. En me retournant, j'aperçois Anne-Marie qui se tord sur le plancher en essayant de déloger quelque chose dans son dos. Je suis saisi de panique.

– Qu'est-ce qui t'arrive ?

– Je viens de recevoir un couteau dans le dos, pi je sais d'où ça vient. C'est le frère à mon tchum qui m'envoie ça.

– Ça va aller, la tisane sera prête dans une minute. Tiens bon.

Elle procède à une gymnastique incongrue pour arracher le couteau imaginaire de son dos. Aussitôt fait, elle s'avance vers la table et, tout à coup, elle pousse un autre cri infernal en se ruant sur le plancher.

– Un autre ! *Whoa* ! Ça va faire ! *You wanna play rough*, on va jouer *rough*.

Elle s'empare de sa sacoche et, dans ce fouillis, arrive à dénicher son jeu de Tarot. Tout en brassant le jeu, elle lance en l'air des cartes qui tombent un peu partout sur le plancher, sur la table et dans l'évier.

– Aha ! l'Impératrice ! dit-elle en ramassant une carte au hasard. C'est à mon tour de lui envoyer des couteaux.

Et voilà qu'elle commence à parler en paraboles en conjurant quelques forces obscures. Pointant vers le comté d'Albert, elle vocifère un sort.

Une fois le sort jeté, elle s'assoit à la table devant sa tisane et commence à rouler un joint de pot d'une plante femelle, m'informe-t-elle. Le mélange de drogues, d'émotions fortes et d'aventures rocambolesques de la dernière heure pulvérise ce qu'il me reste de cerveau. Sous prétexte de voir si le facteur est passé, je traverse à l'appartement d'à côté voir Jean Boudreau. Il est dans le salon en train de lire James Joyce.

– Écoute, Jean, tu pourrais pas venir chez moi quelques minutes me donner un coup de main. Anne-Marie est en train de *flipper out* et j'ai pris je ne sais plus quelle sorte de substance chimique…

Il sourit et m'accompagne.

Anne-Marie est à quatre pattes sur le plancher en train de ramasser ses cartes de Tarot.

– Comment ça va, Anne-Marie ?, lui demande Jean.

– *Well, there's a door in my mind and on one side of the door there's sanity and on the other insanity.*

Sur ce, Jean lui conseille :

– *Just keep that door swinging.*

Tout le monde s'esclaffe, et l'atmosphère s'allège un peu. Monique LeBlanc arrive, et Anne-Marie lui demande si elle aimerait aller faire un tour dans le comté de Kent. Je décline l'invitation de les accompagner et elles partent.

Ne comprenant toujours pas ce qui aurait pu provoquer pareil débordement, j'en fais part à Jean. Il m'offre comme explication :

– C'est qu'elle fait confiance à la poésie.

Finalement seul, je m'étends dans le salon, m'allume une cigarette et fixe longuement le plafond.

Je constate que de plus en plus mon esprit dérive. Ça commence le matin quand je m'assois à la table de cuisine. La fenêtre donne sur l'arrière-cour de la rue Pine, un quartier populaire caché par les grandioses façades des maisons de la rue Cameron. Comme j'ai une propension à la rêverie, je me surprends à passer des heures à regarder dehors, en fantasmant sur la vie des gens. Parfois, une remontée d'angoisse me saisit à la pensée que je ne fous rien.

Réginald Belliveau est en ville et passe me voir. Il vient de publier un roman à Montréal, *Les Borgittes*, par l'entremise de Jean Basile. Il se présente avec une bouteille de tequila, du haschich et un steak d'orignal. C'est un plaisir de discuter avec lui, car il est historien de formation et il s'intéresse à la «petite histoire» de l'Acadie, qui est, selon lui, l'histoire vraie de l'Acadie. J'ai donc droit à des histoires et anecdotes absolument croustillantes sur l'Acadie d'autrefois.

Son humour le plus féroce est réservé à ceux qu'il appelle les «bourgeois linéaires-*straight*». Il suffit qu'il jette un coup d'œil rapide sur *l'Évangéline* pour que je jubile. Il débute avec un commentaire ironique à l'endroit d'une personnalité locale et laisse généralement tomber une information scabreuse sur l'individu. Réginald sourit en concluant:

– L'histoire se répète, mon cher.

Une fois que nous sommes assez ronds, nous décidons de nous rendre au Kacho, où une formation d'Halifax, Sun Machine, se produit ce soir. Je danse jusqu'à l'épuisement.

En sortant du Kacho, c'est la course au *lift* pour descendre au centre-ville. Je saute avec quelques amis à l'arrière d'un camion qui descend la butte.

Nous chantons *Black Magic Woman* jusqu'à nous époumoner, en roulant à toute vitesse. En approchant de Radio-Canada, je me mets debout pour invectiver ce lieu d'aliénation nationale où il est plus difficile pour un Acadien d'entrer comme annonceur que pour un Noir de devenir membre du Ku Klux Klan. Au cours de ma diatribe, le vent happe mes lunettes qui s'envolent en l'air pour aller se fracasser sur le pavé. J'ai maintenant l'impression de voir le monde comme Manet.

Je deviens un régulier du Kacho, un meuble qui boit là-dedans. C'est la saison de la mescaline et de la

M.D.A., une sorte de *love drug* aux ingrédients dont on préfère ignorer l'origine. J'habite au pays des drogues, un pays embrouillé. Chaque rencontre commence par la cérémonie du joint. Toutes les drogues imaginables nous tombent entre les mains ; nous circulons entre les pilules et la promiscuité. La drogue est devenue omniprésente dans le milieu et dans ma vie. Je fume maintenant mon premier joint le matin, après mon café, en lisant *l'Évangéline*. Le rituel rehausse ma lecture du quotidien. Dans l'état *stoned*, je m'applique à trouver des indices cachés entre l'horoscope et les déclarations du premier ministre, les annonces et l'éditorial. Ça donne une coloration plutôt amusante à la journée.

La vie bascule dans l'anarchie pure. L'appartement devient une sorte de point de rencontre pour tout ce qui traîne dans la ville. Des fêtards arrivent à toute heure du jour ou de la nuit. À la fermeture du Kacho, c'est presque devenu une tradition, le *party* continue ici. Un chanteur d'une formation rock m'arrive, complètement paranoïaque, avec dix livres de marijuana et me demande si je pourrais cacher son stock dans la cave pour deux ou trois semaines vu qu'il soupçonne que la police est à ses trousses.

Gabriel Boucher rebondit régulièrement pour m'entraîner dans une discussion politique sur l'avenir de l'Acadie. Il ponctue ses arguments à coups de « calvaire de calvaire ». Anne-Marie entre en coup de vent et se précipite dans la cuisine à la recherche de miel, de gruau et d'un œuf qu'elle se casse sur la tête pour se laver les cheveux. Pierre-Paul Léger anime une de ses dynamiques de groupe avec une demi-douzaine de personnes. Les cris et les pleurs qui émanent du salon me rendent fou. Je ne sais plus si j'habite un bordel, un club, une salle d'urgence ou un vaisseau spatial. Sur le mur de la cuisine, quelqu'un a écrit au feutre : *« Something is happening here but you don't know what it is, do you Mr. Jones ? »*

Je vais visiter mes voisins d'à côté. Jean Boudreau et sa blonde, Colette Girouard, lisent toujours James Joyce. Quand ils butent sur des passages en latin, ils appellent la Congrégation des Sœurs Notre-Dame-du-Sacré-Cœur pour les faire traduire en français, et une religieuse s'y prête volontiers. Leurs colocataires sont deux étudiants en art dramatique et un autre qui écoute constamment Chick Corea en lisant le Tarot, entouré de chandelles.

George Webster, un spécimen de Vancouver installé dans le comté de Kent, aboutit là de temps à autre. Son patois de prédilection, c'est de dire à tout bout de champ :

– *Wherever you go, there you are.*

Je discute avec Colette Girouard de ces débordements de toutes parts. Elle suggère qu'on mette un disque de Leonard Cohen pour y trouver des indices de réponse, des oracles probants, une phrase-clé. Je me perds dans la voix de Leonard Cohen. Je bloque tout le reste et, pour un moment, je ressens quelque chose comme de la grâce.

Cette grâce me pousse vers Bouctouche. Je me dis que, à mon retour, tout sera plus calme et plus raisonnable, tout en sachant que mon bref séjour n'est qu'un sursis. Je me mets à rêver encore à des déplacements plus lointains. La lecture d'*Irish Coffees au No Name Bar & Vin rouge Valley Of The Moon*, de Patrick Straram, fait renaître mon obsession de la Californie. Je me surprends à rêver que, là-bas, je pourrais écrire comme je l'entends, que ce serait toujours « *summertime and the livin' is easy* » et que tous mes soucis s'évaporeraient dans l'Éden de mes rêves.

À mon retour sur terre et à Moncton, Pierre-Paul Léger me fait part de son désir de vivre seul et il se prend une chambre en ville. Norbert Léger aussi veut aller vivre ailleurs. Il faut donc trouver quelqu'un pour les remplacer, et ça se fait vite. Jean-Robert Fournier et Onil Goguen se montrent intéressés, et Claude Léger aménage une petite pièce au deuxième pour y vivre à son aise son évolution intérieure. Onil Goguen et Claude Léger font de la coupe de bois pour le gouvernement à l'extérieur de la ville, et Jean-Robert Fournier fréquente l'Université. Il lit constamment Nietzsche en écoutant David Bowie.

La nouvelle année amène un certain brassage du paysage. Roger Doiron et Lorenzo Cormier décident d'aller travailler à Vancouver. Il est question pour une minute que je les rejoigne, mais je passe outre. À l'appartement, les choses tombent vite en place. Le matin, une fois tout le monde parti, je me retrouve seul à la table de cuisine pour écrire. Je colle une reproduction du *No. 1* de Jackson Pollock sur le mur, à gauche de la table où j'écris. Je commence à prendre des notes pour un conte sur mon enfance.

⁂

Pierre Beaulieu réussit à convaincre un groupe d'étudiants de l'Université d'organiser la Nuit de poésie à la Chapelle de Taillon. Il me demande de collaborer à l'événement du 8 mars, et j'accepte volontiers, puisque je considère ce genre de manifestation comme une mise à jour de nos forces vives.

Le soir du 8, la Chapelle déborde de monde. Le tout débute par un *jam* de musiciens locaux. Les poètes et chansonniers défilent ensuite devant une salle très réceptive. Les étudiants en art dramatique présentent un montage en série sur des poèmes. Réginald Belliveau propose, avec des comédiens, un scénario basé sur la coutume de la Chandeleur. Sur l'air de l'Escaouette, des comédiens frappent de porte en porte en chantant et en dansant. La tradition, que le pouvoir religieux et politique tente d'empêcher, se retourne contre ce même pouvoir dans une vengeance d'une violence inouïe sur scène. Une professeure d'esthétique se penche vers moi et me souffle:

– C'est le retour du refoulé.

Un autre sketch offre une satire mordante de l'establishment acadien. D'un happening à l'autre, la salle jubile. Et puis la lecture de poèmes reprend. Robert et Gilles méritent des salves d'applaudissements. Le tout se termine à l'aube avec les premiers musiciens qui étaient passés sur scène. Les gens défilent dehors, à la lumière du jour, en état de transe après avoir vécu ensemble une expérience de paroles et d'éclatement.

Je reste sous l'effet de cette nuit pendant plusieurs jours. L'intensité vibre dans mon corps à la seule pensée de l'événement. Et pourtant, je m'en veux. Après avoir donné un fort coup de main pour ce qui est de l'organisation, une fois le projet en marche, j'avais décidé de ne pas lire à la soirée. Pierre était incrédule. Ça ne se fait pas, qu'il m'avait dit. En relisant mes textes, je n'arrivais pas à me voir en train de les réciter à voix haute devant quelques centaines de personnes. Je craignais de buter, de bégayer, de m'enfarger ; j'avais peur tout court.

Une sorte de compromis fut atteint avec Gary Goguen, qui s'était montré intéressé à lire mes textes à la Nuit. Je l'avais rencontré l'été d'avant alors qu'il faisait du pouce. J'apprends maintenant qu'il vient de battre un policier de Moncton. Ça donnera sûrement une intensité particulière à mes paroles. Mes textes ont donc été lus grâce à ce compromis honorable, ce qui ne m'empêche pas de me questionner sur mon refus de lire en public.

Claude Léger décide qu'il faut un chat dans la maison. Je lui rappelle que nous avons déjà un chien. Il est d'avis qu'ils s'apprivoiseront avec bonheur. J'émets une opinion contraire, mais le chat finit tout de même par arriver. Le chien, Max, est hors de lui devant l'invasion intempestive de son territoire. Entre les jappements assourdissants et les miaulements stridents, je somme Claude Léger de faire disparaître le chat. Il ne voit absolument rien d'anormal à ce qui se passe. Il trouve ça « naturel », cet antagonisme qui précède la connaissance. Je le laisse à sa besogne diplomatique et décide qu'un séjour à Bouctouche me remontera un peu le moral. Et je pars quelques jours.

De retour à Moncton, je ne manque pas de me rendre au Kacho. La même folie y règne. Un soir, à la sortie, je remarque un type aux yeux bruns que j'avais déjà vu sur le campus. Il a l'air sérieux pour un jeune homme ; il boit beaucoup d'après ce que je peux comprendre, et tout ça m'intrigue. Nos regards se croisent, se fixent un moment. Dans la procession et le méli-mélo des gens qui se précipitent dans les voitures pour descendre au centre-ville, je me trouve dans la même voiture que lui. Nous aboutissons au même party.

– Tu vas à l'Université ? que je lui demande.

– Oui, je passe du temps là.

– Où ?

– En arts visuels.

– Qu'est-ce que tu cherches là ?

– Je suis peintre *and I'm trying to find the key to colour.*

– L'as-tu trouvée ?

– *No, but I'm getting there*… Connais-tu l'œuvre de Josef Albers ?

– Non.

– Si tu veux savoir de quoi sur la couleur, c'est lui qui va te l'apprendre.

– Y'a-t-i' des livres de lui à la bibliothèque ?

– Oui.

– Je me ferai un devoir d'aller jeter un coup d'œil là-dessus.

– T'auras besoin de tes deux yeux pour celui-là.

– C'était une façon de parler.

– Je sais.

– Moi, de ce temps-là, c'est Jackson Pollock qui m'inspire.

– Ah ! Jackson !

On éclate de rire, et le mouvement de la soirée nous emporte vers d'autres personnes.

La musique s'arrête subitement et, dans le silence qui s'ensuit, une chorale en redemande à coup de « *Hey* ! D'la musique ! Quoi c'est qui va *on* ? »

Un air d'accordéon bluesé tranche l'air, et la soirée reprend son entrain. Le peintre perdu de vue depuis un moment apparaît à mes côtés et me demande :

– *Who is this guy?*

– C'est Clifton Chenier, un Cajun noir de la Louisiane.

– *Sounds familiar.*

– Ouais, ça pourrait quasiment venir du Fond de la Baie de Bouctouche.

On rit. Parmi cet amas de corps, on se dirige par bousculade vers un coin où on pourra continuer à parler. C'est le début d'une de ces discussions de nuit où, la bière et autres substances aidant, on semble être saisis de perspicacité à chaque nouvelle phrase, levant l'index à tout bout de champ pour ponctuer un point irréfutable dans l'argumentation.

Les gens commencent à se disperser.

– As-tu de la bière che vous ?

– J'ai sûrement quelques bouteilles qui traînent avec mon nom dessus.

– Je rentre avec toi vider ça.

En rentrant dans l'appartement, il flatte le chien, saisit le chat et le met dans l'armoire.

– Un peu de surréalisme, dit-il.

En passant devant ma bibliothèque, il siffle bruyamment.

– T'aimes à lire à ce que je peux voir.

– Un des seuls plaisirs qu'il nous reste en ce bas monde.

Il s'avance et prend des livres au hasard, qu'il commence à lancer ici et là dans la pièce.

– *Whoa* ! C'est pas des assiettes de papier !

– *I'm just trying to see if I can land something I like.*

– Continue comme ça, pis tu vas voir mon poing te *lander* sur la gueule… Assis-toi, bois ta bière.

Je mets le disque *Strange Days* des Doors.

– Ah ! *A* Doors *man*.

– Eh oui, les Doors. Ça aussi, c'est un des seuls plaisirs qu'il nous reste en ce bas monde.

Quelques bières, quelques disques. Il me demande s'il peut passer la nuit. Je lui pointe la chambre. Un peu chancelant, il se dirige vers la pièce. Debout dans le cadre de la porte, je le regarde se déshabiller.

– *What are you looking at?*

– Je te regarde, c'est assez évident.

– *And?*

– J'aimerais coucher avec toi.

– *Hop in.*

Je me déshabille à mon tour pour le rejoindre dans le lit.

Il doit être passé midi quand je me réveille. La première sensation qui m'arrive est la chaleur d'un corps à mes côtés. Les images de la veille me reviennent et, en me retournant, je vois Roland Hébert qui me regarde. Il se lève d'un bond et se dirige vers la salle de bain en m'envoyant :

– *Good morning, you fucker!*

– Quelle délicatesse dans le propos…

– Avant de faire ou de dire *anything*, je boirais un gallon de café.

Après le café, il me demande quels sont mes plans pour la journée.

– Pas grand-chose, à vrai dire. La journée est presque finie.

Il m'invite à aller marcher avec lui. On se promène dans le parc Victoria pour aboutir sur la rue St. George en se dirigeant vers l'est. On échange des plaisanteries qu'on trouve plus drôles les unes que les autres dans notre état de lendemain de veille. Puis il décide de rentrer chez lui en me saluant.

– On se verra alentour.

En ouvrant la porte de l'appartement, l'odeur de la veille, une senteur de sueur, de fumée et de bière, me saute au nez. J'ouvre grand la fenêtre. J'avance vers le tourne-disque, mais je n'arrive pas à décider ce que j'aurais le goût d'entendre. J'allume ma première cigarette de la journée. L'image de Roland reste collée à mon esprit. Certaines de ses phrases, tantôt en français tantôt en anglais, me reviennent.

– *Do you have a phone? Well, phone for purple.* Le gars-là habite la rue des adverbes. Il nous faut une peinture qui fait du bruit!

Strange days...

Strange days pendant des jours à la pensée de celui qui m'affole et m'envoûte. Plume à la main, je tente de récapituler cette folie de mots, de boisson, de sexe et d'excès. Je me dis que Moncton, c'est aussi se laisser aller, laisser aller ce qui dérive, se laisser aller à la dérive.

L'euphorie que je viens de vivre jure avec la confusion qui s'installe au 282 Cameron. Claude Léger décide de décamper et, avec les meilleures intentions, il loue sa petite chambre à deux anglophones pour nous épargner le casse-tête de nous en occuper. Je n'ai que faire de ces deux *dolls* du comté d'Albert, qui se présentent à la porte avec leurs baluchons pendant que Claude m'envoie un «*Bye-Bye, have fun*» en partant, croyant nous avoir rendu service.

En rentrant à l'appartement en fin d'après-midi, j'ai du mal à passer tellement l'entrée est envahie. Une trentaine de personnes sont tassées dans le corridor, et tout ça parle anglais. Un quidam se tourne vers moi alors que je tente de passer à la cuisine et me demande d'un ton effronté:

– *Who are you?*

Il l'apprend vite, car je pique une crise de nerfs et je vide l'appartement à coup d'invectives et de menaces en rappelant aux deux *dolls* du comté d'Albert que je suis encore chez moi.

Cet incident me fait réfléchir sur le milieu ambiant du *peace and love*, qui commence à me puer au nez. Tous ces gens croient que le *live and let live* signifie que n'importe qui peut rentrer chez toi n'importe quand, manger ce qu'il y a dans le frigo, coucher dans ton lit sans te le demander après avoir bu ta bière et fumer tes joints en balbutiant des monosyllabes. *Cool, man.* De la marde, que je me dis.

C'est la fin avril. Les appartements se libèrent en ville à la fin de l'année universitaire, et je commence à m'enquérir s'il n'y aurait pas quelque chose d'abordable. Par l'entremise d'un ami, je déniche un appartement sur la rue Dufferin, au coin de la Archibald. Il y a quatre appartements dans cette maison couleur bourgogne, assez vieille et entourée d'arbres. Tout le monde se connaît. Il y a un *pusher* en face; ça fait mon affaire. J'aboutis au numéro 9.

Chapitre 4

Sur les sonorités splendides d'*Inner visions*, de Stevie Wonder, je nettoie la place. Je frotte les murs, le plancher, le plafond. J'appose sur le mur la reproduction du *No. 1* de Jackson Pollock : tourbillon baroque et nervures coloriées. Je range de façon anarchique mes livres et mes disques. Je suis comblé de joie. Pour la première fois de ma vie, je vais vivre seul.

Vivre seul ! Ça m'apparaît comme une invitation à la magie. Tout en astiquant l'évier, je me propose d'apporter des changements radicaux à ma routine. Dans un premier temps, je compte modérer ma consommation d'alcool et de drogues ; ensuite, lire davantage, écrire, écrire et écrire. Je frotte les armoires avec ardeur pendant que Stevie Wonder hurle et que je hurle avec lui.

À un bloc de l'appartement, au coin des rues St. George et Archibald, se trouve le restaurant chez Duane qui fait office de café pour tout le groupe. Situé dans l'ancien édifice de l'Assomption, qui loge aussi la Banque Nationale et des bureaux. On se donne rendez-vous là. Les amis quittés la veille s'y retrouvent le lendemain pour faire le tour des grandes questions…

Ça commence généralement avec *l'Évangéline*. On chiale à qui mieux mieux. Les fautes de français, les manchettes insignifiantes et les lettres à l'Opinion du lecteur particulièrement délicieuses ce mois-ci : polémique sur les déshabilleuses de Richibouctou-Village. Enfin, on passe avec allégresse à l'éditorial, avec lequel nous sommes rarement d'accord, pour la forme.

Je prends l'habitude d'y déjeuner chaque matin. Après quelques heures, de retour à l'appartement, j'essaye d'écrire. Je garde un journal dans lequel j'écris à l'encre verte, puisque le vert m'inspire. Vert comme printemps, comme nouvelle saison qui commence dans un nouvel appartement à moi. Vert d'espérance.

Il est passé deux heures du matin, et je termine tranquillement ma quatrième bière en lisant pour la troisième fois *L'hiver de force*. La clochette sonne avec insistance. Je descends voir. Devant la porte, une caisse de bière Moosehead sous le bras, Roland Hébert.

– As-tu le goût de boire une bière frette ? J'ai vu qu'i'avait de la lumière *so*…

– Rentre, espèce de fou !

L'appartement s'allume de sa présence. Il y amène une folie contagieuse ; les jeux de mots rebondissent sur les murs. Je mets *Sticky Fingers* sur le stéréo ; on commence une danse à tout défaire dans le salon. Le *party* pogne dans une envolée de nuit.

Je lui demande s'il veut fumer un joint.

– Je ne fume pas depuis un bout de temps, ça me rend trop sentimental.

– J'haïrais pas ça de voir un Roland Hébert sentimental.

– *Don't get fresh !*

– Y'a rien de *wrong* à être sentimental… surtout avec des complices.

– *Oh boy*, je vois qu'on va avoir toute une discussion. Envoie, roule !

Ce à quoi je m'applique après avoir glissé *Bitches' Brew* sur la table tournante.

On s'assoit sur le plancher, et il me fixe en se concentrant. Ça me fait pouffer de rire. Sur un ton sévère, il me dit :

– Ris pas de moi !

– Voyons ! Prends sur toi ! Tu trouves pas ça tripant, toi ?

Bouteille dans la main, joint dans la gueule, Miles Davis dans le *background*, je ne sais plus à quelle heure, ni quel jour, ni quelle année, et je commence à me demander dans quelle galaxie ! Décrampe un petit brin ! On n'est pas à l'église…

Il rit très fort, de façon exagérée pendant un bon moment. Je l'imite, et on finit par se rouler par terre en riant pour de vrai.

Il ramasse un paquet de feuilles.

– C'est toi qui écris cecitte ?

Je ne veux vraiment pas qu'il lise ces feuilles de moi. Petit moment de panique. Dans ma voix la plus nonchalante, je réponds :

– Ouais… Je travaille sur des affaires. Ça fait brouillon comme c'est là.

– Je trouve ça intéressant toutes les ratures pi les flèches entre les lignes pi les mots dans la marge. Ça ressemble à des esquisses que je fais pour mes toiles. Je pensais pas que les écrivains travaillaient de même itou.

– C'est le même principe en fait. Des fois, y'a un travail de défrichage avant que le texte prenne forme.

Ça lui fait plaisir d'entendre ça, et il me regarde dans les yeux en déclarant :

– Je crois qu'on va devenir de bons amis, toi pi moi.

– Je crois qu'on l'est déjà.

– *Right!*

D'autres bières, d'autres disques. La nuit passe dans les paroles et les rires. Le jour se lève, et soudain un grand silence descend sur nous. Nous baignons dans la lumière montante du jour, sur le plancher, les yeux fermés. En m'endormant, la tête sur son épaule, ses bras autour de moi, je me dis : « En voilà un qui va m'en faire voir de toutes les couleurs. »

Au réveil, il n'est plus là. Je me lève un peu tordu et je commence à ramasser les bouteilles et à vider les cendriers débordants. Je me fais couler un bain. Dans l'eau chaude, presque bouillante, je repasse mentalement les événements de la veille. Le sentiment inédit entre nous. Une complicité, une exploration sensuelle évidente entre deux gars, un espace de permission en gestation. Je ne sais pas où tout ceci va m'emmener, mais j'ai l'impression que je ne vais pas m'ennuyer.

Rue Dufferin. Je répète le nom de ma nouvelle rue, rue Dufferin, que je commence à aimer follement, que je commence à habiter pour de vrai dans mon corps, que j'habite dans le bruit des voisins, dans les grands arbres devant la maison, que j'habite dans le trafic de ma rue, que j'habite dans les paroles de Roland, que j'habite dans mon bain chaud, dans les musiques de mon stéréo, dans les visites magiques d'Anne-Marie, que j'habite dans l'idée que j'en ai et que je m'en fais.

Cet appartement m'apparaît de plus en plus comme la réponse à toutes mes attentes. Un lieu où je vis enfin seul, où je crée mon propre espace, un lieu où je peux me recréer moi-même.

En haut de l'escalier, la porte d'entrée ouvre sur une minuscule cuisine. J'y installe une table et les deux chaises volées au Kacho un soir de brosse où Roger Doiron avait la *van* du Frolic. L'appartement comprend une petite salle de bain, une chambre à coucher de grandeur raisonnable et un grand salon où j'ai installé mes livres, mes disques et un petit matelas, à même le plancher, qui sert de lieu de causette. L'appartement de mes rêves.

Je constate que la cuisine a cinq portes. En fait, c'est une pièce composée de presque rien d'autre que des portes : l'entrée, la salle de bain, la chambre à coucher, le salon et la sortie de secours. Je suis dans l'espace des Doors pour de vrai.

Je passe encore sur le campus de temps à autre, au Cube de la Faculté des arts. Sur un babillard, quelqu'un a écrit au feutre noir : « Ce qui fait la beauté de ce monde, c'est que toute chose est récupérable. » Je me rends aujourd'hui à l'atelier d'Yvon Goguen, qui m'avait invité à poser pour un portrait. La proposition me surprend, mais j'accepte pour le fun.

C'est à une pièce de théâtre présentée à la Grange, l'année dernière, que j'ai vu pour la première fois un immense tableau de lui, intitulé *Plastic Tits*. C'était une création faite à partir d'un buste de mannequin du genre que l'on voit dans les vitrines de magasin. On remarquait tout de suite une ligne à la fois nerveuse et assurée, brusque dans les contours de l'objet dessiné sur fond blanc, et des éclaboussures de peinture noire dans le bas. Une ligne à lui déjà. Ronald Landry le connaît pour lui avoir enseigné en première année et il m'en dit le plus grand bien.

Arrivé à l'atelier d'Yvon, je me trouve face à face avec Roland. Cette rencontre m'excite un peu plus que je le voudrais, à tel point que je bafouille, ne sachant que dire et n'arrivant pas à faire de sens. Il est aussi visiblement content de me voir et il suggère que nous allions prendre un café au Cube.

– Je pensais que tu haïssais le campus, pi tu viens pareil ?

– Ben, je viens quand j'ai besoin, si je veux acheter de la *dope* ou si j'ai rendez-vous avec quelqu'un. Je fais un usage régulier de la bibliothèque itou, tu sais, pour mes besoins primaires.

– *So what brings you here today?*

– Yvon veut faire mon portrait. Qu'est-ce que tu penses de ça ?

Il n'a pas l'air de prendre ça bien au sérieux ; il veut surtout me faire part de ses impressions de la couleur selon Joseph Albers.

J'écoute son envolée, et voilà qu'il me demande si j'accepterais de lui rédiger un papier sur tout ceci pour un cours d'esthétique qu'il suit.

– T'es un bon écrivain toi, tu pourras faire ça sans problème…

– Comment sais-tu si je suis un bon écrivain ? T'as jamais lu une ligne de ce que j'écris.

– *Oh, I just know it!*

Ça me fait plaisir qu'il me demande de faire ce travail, et j'accepte. C'est l'heure de mon rendez-vous avec Yvon.

Comme j'ai horreur des retards, je me lève de table. Roland m'invite à passer à son atelier un de ces quatre et dit qu'il m'appellera avant la fin de la semaine pour ce qui est de son travail.

Yvon partage un local avec trois autres étudiants, mais ce jour-là, il est seul. La musique de John Lee Hooker inonde la pièce, ce qui n'est jamais un mauvais signe. Il m'installe sur un tabouret et, pendant qu'il s'exécute, il me raconte des anecdotes désopilantes dans sa langue savoureuse.

Il me montre ce qu'il a fait, un immense dessin au fusain sur toile blanche, et j'en suis ému. Il me demande s'il devrait y mettre de la peinture, et je lui rappelle que c'est lui le peintre. Il dit qu'il va y penser.

Le lendemain, Anne-Marie sonne et rentre m'offrir un cadeau.

– *Open it*, je sais que tu vas aimer ça.

Quelle surprise d'y découvrir *Nefertiti*, de Miles Davis. Je crie de joie et Anne-Marie m'embrasse et disparaît dans l'escalier. Dès les premières notes du disque, je m'affole. Je me laisse pénétrer par cette musique ; j'ai l'impression d'être en état de grâce. Miles Davis de mon cœur…

Je me fais un café et je m'installe avec stylo et papier pour écrire. D'ailleurs, je constate que j'écris plus qu'avant. À la table de cuisine ou dans le salon lumineux, quand il fait soleil. Je passe des heures à rêvasser et à écrire. Je tente de capter le son de cette ville, d'en saisir l'essence avec des images précises. Une expérience qui oscille entre l'agressivité de l'extérieur et la tendresse que je ressens en moi. Une dialectique du dehors et du dedans. Je me dis que l'amour porte à écrire. Je me rends compte que je viens d'écrire le mot amour. Je n'avais pas encore associé ce mot à lui. Peut-être que je saute trop vite. À vérifier sous cet angle. L'idée me fait sourire, et la musique de Miles Davis remplit chaque pore de ma peau.

Je goûte à pleine bouche au bonheur de vivre seul. Je me lève quand je veux. Je me promène à poil. Je joue la musique qui me plaît quand j'en ai envie. Je fais des siestes. Je laisse des livres ouverts traîner partout. J'écris des poèmes et des bouts de phrases que j'attache sur les murs. Je me sens au pays des merveilles.

Mes ardeurs se tempèrent au bout de quelques semaines. J'attends un chèque de l'Office national du film pour un projet de recherche que j'ai fait, et il tarde à arriver. Après quelques crises de nerfs au téléphone, j'apprends que le chèque a été expédié à la mauvaise adresse et que ça prendra au moins un mois, sinon plus longtemps, à rectifier l'erreur. D'autres crises de nerfs s'ensuivent.

Claude Cormier, qui demeure au numéro onze, arrive en fin d'après-midi avec une grosse enveloppe : le montant de mon loyer. Il m'explique qu'il a téléphoné et rencontré quelques-uns de nos amis pour leur expliquer ma situation et que chacun a donné ce qu'il pouvait. Le fric se trouvait à l'intérieur d'une immense carte de souhaits portant la signature des « contribuables ». Je me sens bouleversé.

Lorenzo me suggère d'aller frapper à la porte du bureau de l'assistance sociale. Il dit que ce ne serait que justice que de réclamer ce que les *sons of whores* du gouvernement nous ont volé, surtout quand on pense au brouillage de neurones qu'ils nous infligent. Lorenzo m'offre de la mescaline pour traverser cette rude épreuve, et mes malchances s'évaporent momentanément.

Robert me rend visite à l'appartement, et nous marchons ensemble au Kacho. Encore une fois, il tente de m'expliquer mon hésitation devant l'écriture et la publication. Il me répète que cette insécurité devant la prise de la parole écrite est culturelle : le résultat de s'être fait dire par des curés pendant des générations que, d'une part, nous parlions mal et que, d'autre part, notre salut n'était pas de ce monde. Ces choses-là laissent des traces, mais il faut bien tenter, avec tout ce qui nous reste de volonté dans le corps, de surmonter notre insécurité. Lui-même ne pense plus tellement à écrire de ce temps-là. Le goût de faire de la musique le reprend, et il désire s'y remettre de façon plus soutenue.

Je me retrouve au Kacho, ce tourbillon de folie et d'excès. J'efface les derniers jours d'angoisse financière en dansant avec frénésie, en sautant d'une table à l'autre pour saluer des amis, en buvant une bière de plus à la santé de n'importe quoi. Vive le Kacho, cette caverne, ce souterrain enfumé où naviguent des êtres assoiffés, éthérés. Vive le Kacho, ce trou où je me sens si bien.

En allant chercher ma énième bière, j'aperçois Roland au billard électrique. La soirée prend un autre tournant dans ma tête, une autre coloration. Je deviens excité, affolé, presque incohérent. La soirée prend une autre couleur, et c'est la couleur du désir. Je vais le retrouver à côté de la machine. Il me demande si j'en boirais une avec lui après le Kacho.

– J'en boirai une jusqu'à l'autre qui suivra, que je lui réponds.

En sortant du club, Roland Hébert me montre une voiture.

– Le *car* à mon pére.

Nous roulons jusqu'au *bootlegger* dans l'*East End.* Nous voilà chez Mona Jonah, et c'est une autre tranche de la ville que j'apprivoise. La tenancière des lieux est fondamentalement anarchiste, nous enjoignant de ne pas voter.

– *Politicians are liars, every last one of them*, qu'elle clame en nous vendant de la bière.

De retour chez moi, il reprend son sujet de prédilection : son amour de l'Art. Il déclare péremptoirement que le travail d'Yvon Goguen, ça ne fait pas sérieux, que c'est tout au plus du « Disneyland ». Je lui réponds qu'en plus d'être plein de marde, il est aveugle. Il renchérit en faisant une profession de foi à l'endroit de l'ART, que je trouve presque comique.

– C'est une chose que de consacrer sa vie à l'art ; c'est toute autre chose que de jouer à l'artiste, que je lui balance sur la gueule.

Il trouve que je manque de sérieux avec lui quand nous parlons de ces choses. Je lui donne raison, en ajoutant qu'il n'est pas nécessaire d'étouffer de sérieux pour apprécier Miro ou Klee. La discussion s'enflamme de plus belle, et je sens que cela nous excite réciproquement. Juste avant l'aube, nous nous endormons enlacés sur le plancher.

Je suis seul, je vis bien seul, j'aime bien vivre seul sur la rue Dufferin de la ville de Moncton. Des livres dévorants me tombent entre les mains : *Making Do*, de Paul Goodman, *La publicité discrète*, de Roger Des Roches, *The Dead Lecturer*, de LeRoi Jones, et le *Maître du Haut*

Château, de Philip K. Dick. J'ai l'impression que ces livres arrivent à temps dans ma vie. Juste au moment où j'en avais besoin, ma vie est parsemée de livres qui m'aident à vivre.

Et je continue de lire *L'hiver de force*. Mon amie, Suzanne Demers, le lit en même temps que moi. Nous sommes tous deux fous de Réjean Ducharme. On s'appelle toutes les demi-heures pour s'en lire des passages au téléphone. On hurle, on crie, on s'étouffe. C'est bon, bon, bon… « Dis-nous ce que tu veux que ça nous fasse, puis on va faire comme si ça nous le faisait… »

Il faut tout arrêter immédiatement ! Lorenzo Cormier, Roger Doiron et Terry Boudreau ont reçu un avis de déménagement. L'idée, c'est de sortir du 320 de la rue St. George en grand. En début de soirée, Capitaine Beefeater passe me refiler deux grammes de mescaline « pour services rendus, *man* ! »

Au 320 de la rue St. George, le *party* bat son plein. On entend Clifton Chenier jusqu'à Dieppe. En entrant, je constate que la moitié du bureau de direction du Frolic est présent. Je mentionne à Roger Doiron qu'on entend la musique à la grandeur du quartier.

– Quoi c'est que le propriétaire pourrait ben faire… nous évincer ?

Je l'encourage à hausser le volume d'un cran. Vers minuit, dans le tapage ambiant qui va en s'amplifiant, je deviens obsédé à la pensée de Roland ; je sens un besoin impérieux de le voir.

Je saute dans un taxi pour me rendre au Kacho. Sur place, je l'aperçois au bar. Il me fait signe d'approcher. Je lui fais part de l'immense *party* de la rue St. George et l'invite à m'accompagner. On passe chez moi avant pour prendre un peu de mescaline et écouter de la musique. L'univers vibre. Il me demande si je lui ferais un massage. Je lui masse le dos, les épaules. Soudain nous glissons sur le plancher, submergés par le désir.

Nous nous réveillons vers midi et nous vidons ce qui reste de mescaline dans le café. Au milieu de cette journée ensoleillée, une sirène de pompier éclate tout près. Nous sortons en sautant comme des enfants dans la rue Dufferin pour se rendre sur la rue St. George, entre Highfield et Weldon. Arrivés en face du 320, nous apercevons Lorenzo enveloppé dans un drap blanc. Il nous invite à déjeuner sur le toit.

Nous avons une vue imprenable sur l'incendie qui s'est déclaré de l'autre bord de la rue, chez Leo's Vegetable Store, où des pompiers s'affairent à maîtriser les flammes. Scène fellinienne mettant en vedette Lorenzo qui se promène avec ses toasts, ses œufs brouillés et de nombreux pots de café agrémentés de monologues envolés. Je remarque que Roland et Lorenzo ne sortent pas leurs griffes aujourd'hui, malgré leur antipathie viscérale réciproque. Je profite du moment de détente.

Après avoir quitté Lorenzo, nous continuons notre randonnée dans le quartier, excités et débordants comme des fous. Dans le stationnement de l'épicerie au coin de la Highfield et de la St. George, Roland m'arrête et me regarde droit dans les yeux.

– Je n'ai jamais été si heureux d'être en vie!

⁂

Quand je retourne à l'atelier d'Yvon, je remarque un livre d'art sur une table. En m'approchant, je vois qu'il s'agit du livre de Norman Mailer sur Marilyn Monroe.

– Tu peux te payer des luxes, toi !

– Ben, pas vraiment, j'étais au Highfield Square, pi i' te mettiont quasiment le livre dans les mains. L'était *drastically reduced, so* je m'ai garroché dessus.

Devant un si bel objet, je me mets à rêver tout haut de la chance qu'ont des artistes de pouvoir travailler à un projet pareil.

– Connais-tu Marilyn de Moncton ?

Bien sûr. Je l'avais rencontré dans quelques *partys*, cet homme qui se travestissait pour faire les ménages ici et là en ville. Un numéro haut en couleur, qui s'était autoproclamé « *Queen of Moncton* ». Yvon suggère que nous fassions ensemble un livre sur elle-lui. L'idée m'excite.

Nous prenons contact avec Marilyn. Je sens qu'il y a confusion au sujet de notre intention, mais ce n'est pas grave, elle nous reçoit quand même. Elle-il parle d'une voix très nasillarde, avec une main sur la hanche et l'autre qui ponctue ses propos.

Marilyn raconte ses histoires personnelles dans un amas de contradictions aux confins du délire. Elle a un « mari », sans compter de nombreux prétendants, parle tantôt français, tantôt anglais, et, entre deux anecdotes, nous sert le leitmotiv :

– Comme que je dis tout le temps, faut que tu seyes fier de tchi c'que t'es !

J'hallucine devant le spectacle. Je prends mentalement une encyclopédie de notes, tant j'admire la verve et le sans-gêne de cet individu. Après quelques bouteilles, Marilyn se lance dans la version bilingue de *Quand le soleil dit bonjour aux montagnes*, parce que c'est la chanson que son homme aime le plus.

De retour chez moi, je commence à écrire des bribes de phrases ou d'idées diverses se rapportant au projet Marilyn. Je voudrais explorer les dimensions linguistique et sexuelle de ce phénomène. Je tombe sur *La publicité discrète* de Roger Des Roches, qui me fascine. J'en copie des extraits, que je colle au mur de la salle de bain où j'ai déjà écrit sur la porte avec un gros feutre vert: *CHINA IS NEAR.*

Je me fais couler un bain chaud et, une fois dedans, j'entends ma voisine d'en arrière, Edna LeBlanc, s'entretenir avec Conrad Cormier à propos de l'idée de faire un petit jardin. Leurs paroles se mêlent à mon projet de Marilyn, aux textes de Des Roches et aux poèmes que je me propose d'écrire sur l'effet Roland Hébert sur ma vie. J'ai l'impression que tous ces niveaux de langage débouchent sur des pistes multiples d'exploration, que chaque image en amène une autre, que mon cerveau compose mille pages d'un texte infini.

Anne-Marie apparaît dans le cadre de porte. On tire quelques joints en mettant les horloges à l'heure. Je lui raconte mes aventures avec Roland, et ça lui donne envie d'aller danser au Kacho. Je glisse Stevie Wonder sur le stéréo et on commence à danser dans le salon. Je ramasse mes cigarettes, mes joints et quelques sous en lui demandant:

– Aimes-tu pas la musique noire par-dessus tout?
– *I like black no matter what color it is!*

La fièvre du Frolic commence à gagner le Sud-Est de la province. L'expectative grandit de jour en jour. Même le restaurant chez Duane prend l'initiative de participer à l'événement. À l'été de 1975, la direction avait décidé d'installer devant le restaurant une terrasse où les clients pourraient déguster café et sandwich en plein air. Cela ne manqua pas de scandaliser un élément réactionnaire anglophone, qui frémissait à l'idée que des gens puissent flâner des heures durant sur un trottoir, et parler français en plein jour de surcroît.

Chaque midi, on propose des minispectacles sur la terrasse de la rue St. George, entre autres Régine McNeil, Ulric LeBlanc et le coup de maître du Frolic, un frère de la Louisiane en visite.

Zachary Richard arrive avec sa guitare et son petit accordéon. Roger Doiron est assis avec lui quand j'arrive. Je regarde ce jeune homme au grand chapeau blanc. Je sens un courant très fort m'envahir la conscience. Quand je lui serre la main, une vibration me traverse le corps, et je dois me faire violence pour ne pas éclater en sanglots devant l'émotion de retrouver ici, à Moncton, un Acadien de la Louisiane du même âge que nous. Au moment où il prend la guitare et se met à chanter, c'est la rumeur des bayous qui monte en nous, cette longue complainte de l'histoire écorchée qui revient et qui nous rappelle les liens profonds qui demeurent entre nous. Je reconnais qu'une partie de nous-mêmes nous est retournée.

Le Frolic revient comme une vague de musique, une vague de nous autres. Des milliers de personnes se rassemblent au Cap-Pelé, sur un grand terrain en pente, sur la butte à Napoléon, par un samedi ensoleillé. L'esprit de Dionysos flotte sur-le-champ. On ouvre des bières et on fume du pot partout pendant que les premiers accords de guitare se font entendre et que l'air de violon entame une ligne mélodique en mineur. Des cris de joie s'élèvent de la foule, et c'est la reconnaissance d'une musique commune ; l'énergie de l'ensemble grimpe d'une coche, et voilà la fête qui s'anime comme une masse synergique d'oreilles, de bouches, d'yeux et de corps. Cette masse est un morceau d'Acadie de 1975 qui se déroule dans l'ici vivant de nous.

Je me propose d'écrire un essai sur le phénomène du Frolic, un livre folk rock, comme dirait Patrick Straram. Les feuilles revolent partout dans l'appartement. Notes et pensées, bribes de poésie et de prose. Mais encore une fois, après une dizaine de pages, le doute s'insinue dans mon esprit. Je pense au projet de Marilyn avec Yvon Goguen, je pense à tous ces projets commencés et abandonnés aussitôt, et me voilà déprimé.

Je me dis que je m'enthousiasme trop vite, que j'en parle pendant des jours et qu'après avoir dépensé toute cette énergie que j'aurais dû investir dans l'écriture, le feu s'est éteint. Je déprime davantage. Je blâme la ville, ma relation avec Roland, mon manque de formation intellectuelle, ma dépendance inquiétante sur les drogues, mon orientation sexuelle, le prix du beurre, le maire Jones de mon cul et la Sagouine.

Je reprends des livres pour me ressaisir. *Le corps lesbien*, *Fear and Loathing In Las Vegas*, *An Autobiography*, d'Angela Davis, *Junkie*.

L'approche autobiographique de certains auteurs m'intéresse vivement. J'étudie la transposition qu'ils y opèrent par le truchement de l'écriture. « Je est un autre » de nos jours. C'est évident, rien qu'à marcher dans la rue, mais je suis tenté de multiplier le « je » en une myriade de personnages qui traduiraient mes vies de Moncton. Comment arriver à explorer ma vie d'Acadien, ma vie de fumeux de pot, ma vie de *freak*, ma vie de lecteur, ma vie d'amoureux, ma vie de peureux, ma vie dédoublée à l'infini ? Je poursuis mes lectures et ma recherche. Pour ma tête, pour ma tête, pour ma trop petite tête.

C'est l'automne et c'est beau et c'est Moncton et c'est bien. J'ai toujours l'habitude d'aller déjeuner chez Duane en me levant. J'apporte un livre, mais je tombe fatalement sur *l'Évangéline*, ce qui ne manque jamais de m'énerver. J'invite à ma table Lorenzo, ou Roger, ou Robert ou Anne-Marie et, parfois, tout ce monde en même temps. À ces moments, on se sent déjà aller à la dérive. Non ! On ne travaillera pas ! On ira niaiser ici ou là. On descend à Memramcook ou au Cap-Pelé, ou encore dans le comté de Kent, à Cocagne ou à Bouctouche ! On va explorer le pays profond ! Et la journée y passe.

Le lendemain de brosse devient la norme. Je vois le diable quand je me regarde dans le miroir le matin en me brossant les dents. Je me dis que ça suffit de boire comme ça, que je vais cesser de boire complètement, que je vais m'imposer une discipline, que je vais me mettre à faire du yoga, que je vais surveiller scrupuleusement ce que je mange.

Je suis rendu à l'article 108 de ma cure imminente quand Roland arrive à la porte avec un 24 de Moosehead, et je me dis: « Demain, au plus tard. » Lui, il me pose la question:

– *Do you dream better drunk*? en débouchant une bière avec ses dents.

Notre complicité est désormais cimentée par l'alcool. On se retrouve de façon régulière, au détour d'une rencontre ou d'un téléphone avec ces trois petits mots de passe:

– Veux-tu boire?

À d'autres moments, il se présente tout simplement. Son sourire me varge dans la tête et, la bière aidant, nous commençons notre tango secret.

Le saxophone du groupe War nous ramène à Moncton; il nous accompagne dans nos rêveries alors que nous rêvons d'ailleurs, de New York, de Los Angeles. Cette musique nous happe et nous propulse plus avant dans l'immédiat; nos têtes ont beau voltiger, nos corps insistent toujours pour rester dans nos corps. *The world is a ghetto.*

Nos paroles enflamment nos cerveaux; nos paroles sont l'huile sur le brasier de nos projets. Nous sommes *high* de paroles et de possibles. Le monde n'a qu'à se tenir prêt: nos productions vont tout pulvériser. Et dehors, Moncton nous attend, retient son souffle et ouvre les bras, enfin, pour nous accueillir dans les nuits insondables de sa magie. Malcolm Lowry veille sur nous.

Les jours et les nuits défilent entre les bouteilles et les jours. Un soir que je me sens particulièrement brave, je prends mon courage à deux mains et je décide de montrer mes poèmes à Roland. Je lui tends une liasse de feuilles en lui disant :

– Tu voulais lire mes poèmes ? Envoye ! C'est le temps ! *The product of a very sick mind!*

Il s'installe confortablement dans le salon avec les feuilles et prend un air sérieux pour me lire. Après quelques pages, il lance les feuilles sur le plancher et déclare sur un ton décisif et sans appel :

– C'est de la *bullshit!* T'es capable de faire mieux que ça. Je le sais. Pourquoi t'écris sur Moncton ? C'est pas un sujet, ton *trip* acadien. *It's for the birds!* Ça te *hold back!*

Sur le coup, ses propos me sidèrent, mais le temps de le dire et je rebondis :

– Tu sais pas de quoi tu parles ! T'es assis là à porter des jugements à l'emporte-pièce sur tout ce qui grouille, sans considération aucune pour quoi que ce soit. Tu ne rêves qu'à ta carrière future à New York. Tu n'as rien que du mépris pour Yvon Goguen pis les autres. Tu juges en pensant t'élever au-dessus de la mêlée, mais tu te méprises toi-même au fond. T'es plein de marde mon *goddam* !

– *Whoa, boy!* Pas si fort ! *Hey man*, j'aime ça quand tu *stick up* pour ce que tu crois. Je suis pas d'accord avec ce que tu viens de me dire, ben j'aime ça de te voir aller de même.

Il se lève et commence à danser, très *funky*. Je suis encore coléreux, mais j'entre dans la danse avec lui.

Au départ de Roland, le lendemain après-midi, le doute m'assaille. Et si mes poèmes ne valent même pas les feuilles sur lesquelles je les écris ? Et s'il a raison, le maudit Roland, de dire que tout ça n'est que *bullshit*? J'en parle à Lorenzo au téléphone, qui me déclare sur-le-champ :

– Écoutes-tu encore les innocenteries de c'te vermine-là ? Lui, sa spécialité, c'est de *fucker* la tête du monde. Laisse tomber ! Une seule ligne de toi vaut mille fois plus que les crottes de nez qu'il écrase sur de la toile en essayant de nous faire accroire que c'est de l'aaaaaaaaaaart !

Je ris aux éclats. C'est l'effet voulu par Lorenzo. Je ris le rire qu'il faut pour me ressaisir un peu. Je dors mieux après ça. Au réveil, je me laisse languir au son de la voix de Billie Holiday qui chante *Lover Man*.

L'Office national du film débloque des fonds pour la recherche et la scénarisation d'un film sur l'histoire de l'expropriation du parc Kouchibouguac. Ce projet exige une documentation considérable, et je m'y applique avec ferveur. Je veux bien ne pas y penser et demeurer objectif devant ce déracinement d'une population, acadienne de surcroît, qui n'est pas sans rappeler la déportation de 1755. Je plonge dans les documents et les procès-verbaux ; je rencontre des expropriés pour approfondir ma connaissance du crime.

Roger Doiron me donne un fort coup de main avec la recherche sur Kouchibouguac, car il travaille avec les expropriés depuis deux ou trois ans. Il rentre de Richibouctou chaque soir, exténué la plupart du temps. Il nous arrive régulièrement de boire au Kacho et puis chez lui, après la fermeture du bar. Sur des musiques de Nina Simone et de l'*Anthology*, de Duane Allman, qu'il aime tant, surtout la pièce *Loan Me A Dime*, il me raconte sa vision de l'expropriation et la façon dont il vit au quotidien ces avatars de notre histoire que subissent des êtres humains. J'écoute ses suggestions ; je prends des notes mentalement.

Comme je vais souvent au Centre d'études acadiennes, sur le campus, pour consulter les journaux en vue de retracer l'histoire de l'expropriation, je me rends au Cube de la Faculté des arts pour le café, en espérant bien y apercevoir Roland. Ça devient une autre obsession aiguë où, comme l'écrit Amiri Baraka : « *You are invisible in my mouth & talk through my head like radio* ». En attendant, je vois ceux-ci et celles-là qui boivent du café et qui tètent sur les joints qui circulent toujours.

Gerry Girouard semble habité d'une colère permanente, et Daniel Jaillet désire ardemment l'avènement inévitable de la révolution. Ils m'interrogent sur les événements de 1968, l'occupation de l'Université et les gros brassages du début des années 70. Je ne saurais dire s'il s'agit de nostalgie ou de curiosité saine, mais je me demande s'il n'existerait pas déjà une génération entre eux et moi.

Dès que je reçois mon premier chèque de l'ONF, je cours m'acheter un nouveau stéréo. Rien de trop cher, juste un cran plus haut que ce qui égratignait mes disques depuis quelque temps. J'installe l'objet et j'écoute le disque solo de Thelonius Monk. Avant la fin de la première plage, je décide sur-le-champ que Thelonius Monk est le saint patron des Acadiens de Moncton, parce que Roland et moi l'avons écouté si souvent et si tard dans la nuit, cette sonorité à la fois brute et remplie d'intelligence et aux mélodies qui invitent à l'exploration des mystères de l'existence. Parce que ces derniers temps, j'aime vivre ce qui m'arrive. J'aime le fait d'habiter une ville qui ressemble tantôt à un laboratoire, tantôt à un vaisseau spatial et, à certains moments, à une chambre à coucher. J'aime Moncton et le devenir de nous sous le regard bienveillant de Thelonius Monk. *I Surrender Dear.*

Par un soir tranquille, au Kacho, Roland m'annonce qu'il s'est trouvé une blonde. C'est une autre histoire qui débute pour lui; son intérêt s'est déplacé. Je ne sais trop comment réagir et je lui balbutie que je suis content pour lui, si c'est ce qu'il souhaite. C'est ce qu'il souhaite.

Ça va tempérer nos excès clandestins. Je me raisonne en disant que c'est pour le mieux. Ça ne manque pas de me foutre les bleus. J'aimais tant boire avec lui et tout ce qui s'ensuivait. Je cours en parler à Lorenzo, qui dit:

– Bon débarras.

Moncton rétrécit de jour en jour. Mon existence se limite à des virées au Kacho, le soir, chez Duane, le matin, et chez Lorenzo, l'après-midi. Il me semble que le seul temps que je passe à l'appartement, c'est pour y dormir.

Ne sachant plus comment me sortir de cette impasse, cette dérive sans but, je prends la décision de partir à Montréal. C'est pas si loin, c'est autre chose, ça me changera les idées.

Je commence à en parler autour de moi, et les amis me disent en souriant :

– T'en parles, mais tu ne partiras pas.

Chapitre 5

À force d'y penser, à force d'en parler, j'ai décidé de déménager à Montréal pour un an. Je voulais revoir les sept dernières années passées à Moncton. Je me demandais à quoi ressemblerait ma ville vue de l'extérieur. Une amie québécoise m'offre le gîte le temps de me trouver un appartement, et je commence ma vie montréalaise, depuis la rue Saint-André sur le Plateau Mont-Royal.

J'explore le quartier immédiat en descendant la rue Saint-Denis. Je fréquente des librairies et des cinémas. Je prends le goût de vivre dans une nouvelle ville, tout en prenant l'habitude d'écrire en me levant chaque matin.

Peu de temps après mon arrivée, je déniche un deux et demi, au 2180 de la rue Souvenir. Situé entre les rues Sainte-Catherine et Dorchester, au coin de la Atwater, l'appartement ressemble à un champ de bataille abandonné. L'ancien locataire a laissé ses vidanges dans des sacs de plastique qui traînent partout parmi les bouteilles vides, les vieux vêtements, les assiettes de papier et les seringues usagées dans la salle de bain. Je négocie deux mois de loyer gratis avec le propriétaire pour nettoyer et peindre les lieux.

Chaque jour, je me lève et j'allume la radio pour écouter CHOM-FM. J'augmente le volume au maximum avant de me lancer dans le ménage. Quand ce sera fini, ce sera ma place à moi.

Avant de partir de Moncton, Bermond Collette, réalisateur à Radio-Canada, m'avait suggéré de préparer une série de sketchs radiophoniques sur un sujet de mon choix. Il me suggérait une douzaine de séquences de dix minutes chacune, qu'il diffuserait une fois par semaine. « Ça paie ben » me revient comme une mélodie qui résonne avec écho dans mon compte bancaire vide.

Je m'applique à écrire quotidiennement à propos d'une famille acadienne du comté de Kent dans les années 60. Après deux ou trois semaines, je finis par déchanter par rapport au sens de l'exercice. Suis-je venu à Montréal écrire sur le bon vieux temps de l'empremier? Ça me crampe. L'idée de faire du fric me ramène à la réalité immédiate du projet, mais je vis une certaine confusion à ce sujet.

De plus en plus, je décèle un courant qui nous ramène vers cette glorification du passé. Je veux bien connaître notre passé; je trouve néanmoins ce retour en arrière inquiétant. Comme si nous pouvions nous défaire de la vie moderne pour reprendre la vie des bois, comme le proclament certains. Comme si chaque soirée, il devenait obligatoire de sortir le violon, de jouer des cuillères et de chanter des chansons à répondre. L'épine dorsale me rétrécit quand j'entends un *freak* folklorique déclarer, concernant la guitare électrique: « C'est pas acadien. » Je ne peux que répondre: « Je m'en *goddam* ben. »

Je veux des histoires de ville, des contradictions et des exaltations urbaines, la vie d'aujourd'hui quoi, comme moteur de création. Notre existence appelle un traitement plus complexe qu'une toune folklorique. J'abandonne le projet de sketchs radiophoniques.

⁘

Je tourne à droite sur la rue Atwater pour emprunter la Sainte-Catherine. Le quartier regorge d'immigrants de toutes origines, et cela me plaît. Je me dis que je suis un immigrant parmi tant d'autres. En avançant vers l'est, juste avant la Saint-Mathieu, je découvre une librairie d'occasion que j'adopte sur-le-champ. Le choix de livres est impressionnant ; puisque l'Université Sir George Williams est tout près, les étudiants viennent revendre ici.

Pendant que je bouquine, un individu au regard égaré rentre en coup de vent dans la librairie. Il se précipite vers l'arrière devant un kiosque à part, contenant des revues pornos. Soudain, il s'écrit :

– *Sex! Sex! Sex! Is this all people think about? Doesn't anyone talk about love anymore? Why? Why?*

Le vieux propriétaire, qui en a évidemment vu d'autres, répond sans même lever les yeux :

– *If you want to pray there's a church around the corner.*

L'énergumène sort aussi vite qu'il était entré.

Je trouve un livre de pièces de Sam Shepard, *Mad Dog Blues & Other Plays*. Le premier coup d'œil sur le texte me plaît. En feuilletant le livre, je remarque que l'inconnu qui l'a revendu ici a griffonné des notes dans les marges et souligné des passages. Ses commentaires piquent ma curiosité par leur perspicacité. L'inconnu a écrit des bribes de phrases sur la notion du lieu et de la dépossession, sur la révolte contre le père, sur la culture rock dans l'œuvre du dramaturge. J'achète le livre pour réfléchir sur tout ça avec mon lecteur anonyme.

En tant que représentant du bureau de l'Acadie à l'Office national du film, Pierre-Paul Léger a ses entrées au siège social de Montréal et il réussit à me dénicher des petits contrats de recherche.

La première journée que je me rends sur place, à Ville Saint-Laurent, je me retrouve à la cafétéria avec Pierre-Paul Léger. En sortant, il est interpellé par le cinéaste, Jacques Godbout, qui lui souffle un mot au sujet d'un tournage. Pierre-Paul Léger me présente, en indiquant que je viens de Moncton. Le Godbout, sans même dire bonjour, laisse tomber bêtement :

– Ah ! Moncton ! Je fais un film sur le bilinguisme et je compte me rendre là-bas bientôt filmer la mort.

Ça me déplaît toujours de rencontrer un individu aussi infirme socialement. Je prends une longue respiration en vue de m'envoler dans une diatribe contre ce mépris suffisant, mais un regard et un haussement d'épaules de Pierre-Paul Léger me laissent entendre que je perds mon temps.

En quittant cet individu indépendantiste subventionné par Ottawa, je dis à Pierre-Paul que, pour la première fois de ma vie, je me suis senti biodégradable, comme un carton de lait qu'on jette après usage. Il me répond que je n'ai pas fini d'en entendre du même genre.

Au moins, je suis sorti de l'Office avec un contrat de recherche qui me permet de travailler à l'appartement.

⁘

Le matin, je tente d'écrire un peu, de faire des lectures et de travailler à mon projet de recherche. Au début de l'après-midi, je sors marcher. Il m'arrive assez souvent de marcher de la rue Atwater jusqu'à la rue Saint-Denis.

Une journée que je bouquine sur la rue Saint-Denis, j'aperçois Alexandre Cormier. On saute dans les bras l'un de l'autre.

– Je viens juste d'avoir ton numéro de téléphone et j'allais t'appeler!

– Ben, disons que tu l'as fait par télépathie.

Alexandre est rendu à Rochester, dans l'état de New York, où il étudie la photographie.

On s'attable au bar le plus près, au Faubourg Saint-Denis. Il me demande si je m'ennuie de Moncton.

– Pas vraiment, sauf que des fois ça me manque. Pour tout de suite, c'est Montréal que je vis, et ça fait mon affaire.

– On est des éternels errants, qu'il me dit. À Rochester, je me tiens surtout avec des Juifs, et on rit beaucoup. Leur humour ressemble beaucoup au nôtre.

Il veut savoir si j'écris de ce temps-là, mais comme je me sens tellement incertain quant à ma production récente, je dis oui sans élaborer davantage. Il s'enquiert sur ce qui se passait à Moncton avant que je quitte.

– Oh, toutes sortes d'affaires, mais là, il y a une gang de marxistes-léninistes dans le bout, des communistes acharnés qui sont devant les portes d'usine à cinq heures du matin avec leur *fuckin'* de journal. Quand ils sont pas en train d'écœurer les ouvriers, ils s'amènent dans nos réunions ou dans nos bars pour nous dire qu'on rit trop.

– Ce sont les nouveaux curés.

– Moi, je trouverais ça moins pire s'ils avaient un sens de l'humour. C'est comme les nationalistes icitte. La minute que t'émets un soupçon de doute par rapport au projet national, tu te fais traiter de malpropre.

Nous continuons à boire de la bière. Des gens nous sollicitent en vue de nous vendre du haschich, des fleurs, un billet de métro. La discussion devient plus sérieuse. En ce qui concerne l'Acadie, Alexandre voit tout en noir. Il apporte des arguments ferrés sur notre laisser-aller et la déconfiture du projet collectif. Je contrecarre ses démonstrations de mon optimisme débridé face à la situation.

– On est dans une période de recherche. On ne sait vraiment pas où on va, mais au moins on n'est pas morfondus ni impuissants. Chacun de notre côté, on cherche, on travaille. Toi, aux États-Unis, moi, icitte. D'autres, là-bas, font de la peinture, des livres, du théâtre. À un moment donné, ça va faire tout un fricot!

– Crois-tu? qu'il me demande ironiquement.

Je demeure ferme dans mon optimisme.

On finit par se quitter assez tard, et le métro ferme tôt. Je décide de marcher jusqu'à chez moi. Je prends plaisir à me frayer un chemin dans la faune nocturne de la rue Sainte-Catherine. Une fois rentré, je reprends ma lecture de *Reality Sandwiches*, d'Allen Ginsberg: « *my own crude night imaginings, / my own crude soul notes taken down / in moments of isolation, dreams / piercings, sequences of nocturnal thoughts / and primitive illumination* ».

Dans la nuit, je rêve à Bouctouche et aux grands champs et aux bois derrière le village. J'avance dans la forêt avec un sens du mystère, à l'écoute d'une voix qui m'appelle dans un mélange de crainte et de séduction. J'avance plus loin. Divers lieux du comté de Kent m'apparaissent successivement, mais je n'arrive pas à repérer l'eau. Je me faufile le long d'un sentier sinueux de la forêt. J'arrive à un chemin de terre qui débouche enfin sur la route principale. Je m'engage dans cette voie pour ce qui me semble être des milles, mais je n'arrive toujours pas à trouver l'eau, la mer.

Je me réveille, et ça me prend un moment pour comprendre où je me trouve physiquement. Montréal. Il est 7 h 30 du matin. Je me lève boire deux grands verres d'eau et je me recouche. Sur le plafond vert, mes pensées flottent, depuis mon enfance jusqu'à ce jour. Je suis saisi d'une immense nostalgie et je me répète la phrase : « *You can't go home again* », jusqu'à ce que le sommeil me rattrape dans ma profonde tristesse.

Il est passé midi quand je me réveille à nouveau. Le soleil joue maintenant sur le mur gauche de ma chambre. Je souris en me disant : « J'ai les blues, c'est sûr, alors qu'est-ce que je fais avec ? Je reste au lit quelques jours, quelques semaines ? Je vire une brosse ? Je me ramasse chez un ami ? »

Le coup d'œil jeté sur la chambre pendant que je réfléchis à ces grandes questions me fait réaliser qu'il est peut-être temps de ranger certaines choses, de nettoyer un peu. Et voilà que je saute en bas du lit pour commencer un grand ménage.

Dans le courrier ce matin, j'ai reçu de Lorenzo une grande enveloppe brune et épaisse contenant des exemplaires de *l'Évangéline*. Les blues me reprennent de plus belle. Moncton me manque, et ça n'a aucun sens. Je m'ennuie de Roland par masochisme ; ma routine quotidienne, où j'en étais rendu à ne plus rien faire, me manque. J'éprouve de l'ennui à l'idée d'une histoire qui n'existe que dans ma tête. Je finis par me trouver niaiseux à souhait. Je vide la poubelle près de mon pupitre. Avec la dizaine de *roaches* que je trouve, j'en ai assez pour me rouler un bon petit joint. Je fume et je sors.

Je retourne à ma petite librairie d'occasion sur la rue Sainte-Catherine. Je trouve *nobody owns th earth*, de bill bissett, avec les notations de mon lecteur anonyme. Il est question de Rabelais et de blues, de l'influence du chamanisme et d'autres propositions qui m'étonnent et m'excitent. J'étudie à mon tour le style de bissett et son orthographe insolite, son écriture basée sur l'oralité. Ça m'intrigue au plus haut point. J'ai le goût de tenter des exercices du genre avec le français.

Je sors du Faubourg Saint-Denis après m'être fait dire par une brute nationaliste en chemise de bûcheron que je n'existe pas. Ça a commencé de façon assez banale. Un type assis à la table d'à côté me demande si j'ai du papier à rouler. Je lui en offre en disant :

– Prends ce que tu voudras.

– T'as un accent. Ça vient de quel coin du Québec, du Bas du Fleuve ? (J'entends : « Teint naque sein, çâ vient de quel coin dzu Québèèèèèc ? Dzu bâs dzu Fleuve ? »)

Je lui réponds que je suis un Acadien de Moncton. C'est comme si je l'avais giflé.

– L'Acadie, ça n'existe pu. C'est du folklore. C'est fini, bonhomme !

Je lui annonce la mauvaise nouvelle en l'informant que j'en sais peut-être quelque chose vu que j'arrive de là. Il le prend comme un affront personnel.

C'est une conversation à sens unique. Je suis le micro dans lequel il déverse une logorrhée de clichés qui a pour point culminant :

– C'est le Québec, le berceau de la francophonie ! Tous ceux qui veulent vivre en français en Amérique du Nord n'ont pas le choix de venir icitte ! Le reste, c'est fini. Ça tient pas deboute !

J'ai vite saisi qu'un esprit semblable négocie rarement avec les subtilités. Pour lui, le monde est noir et blanc. La couleur ne l'a jamais touché. C'est triste.

Quand il avale une autre gorgée de bière, j'en profite pour glisser un mot.

– Écoute, c'est pas si grave que ça. Chez nous, on a de la neige le treize. Ici, vous avez de la naÿge le traÿze. Tu sais, une variante sur la même toune. C'est un accent. On a un peu plus d'anglais, *so what* ? On est franco, c'est le fun. On est francophone. Relaxe...

– Te moques-tu de moi, 'stie ?

Il ne comprend absolument pas que je fais une farce, que je tente de l'amener sur un terrain plus habitable, où l'humour fait partie du monde et l'Acadie itou. C'est impossible ; l'évidence est invisible pour lui. Il a trouvé sa religion, le nationalisme aveugle, NOUS contre LES AUTRES, une bataille à finir, les lendemains qui chantent, enfin le bout du bout de la marde.

– Les hosties de fédéralistes veulent fourrer le Québec, pi vous autres, vous êtes des pions dans le jeu des fédéralistes.

J'essaye en vain de lui dire qu'on a peut-être une façon différente de voir la chose. Je renchéris en déclarant qu'il n'est pas dans mes projets de cesser de parler français pour qu'il puisse prouver sa thèse. Mais rien à faire, le voilà parti pour de vrai, dans une litanie de tabarnaks et de ciboueères. Je décide de filer vers un autre lieu à la recherche d'une bière plus paisible.

La nouvelle m'arrive pendant que j'écoute CHOM-FM : Lou Reed s'en vient en ville. Je téléphone à Ann Voisin sur le coup. Il est entendu que nous y irons ensemble. À L'Évêché, dans le Vieux-Montréal. Je ne peux plus me contenir.

Lou Reed, le Velvet Underground et ses albums solo, « *and no kinds of love / are better than others* ». L'un des chantres les plus troublants de l'âme de New York. Ses chansons sur la vie des déclassés et des laissés-pour-compte et sur les envers de médaille. Tout ça me touche profondément. Habiter une ville, avoir un rapport équivoque avec cette ville, teinté d'une sorte d'amour-haine la plupart du temps, mais qui fournit un lieu d'exploration tout de même. Moncton, c'est ça pour moi. Je le comprends de plus en plus, ici, et je veux entendre Lou Reed me raconter son expérience de la maladie.

✣

Il entre. Je commence à m'énerver et à vibrer d'une drôle de façon. C'est tout ce que je voulais, mais autrement. Lou Reed, t'es là pour moi ce soir. Plus court que je l'avais imaginé. Plus beau aussi. Il chante surtout des chansons de son nouveau disque, *Street Hassle*. Il a l'air en beau maudit pour je ne sais trop quelle raison. Tout à coup, en frappant le micro de la main, il crache: *«How do you think it feels? When someone walks out on you? Four years together and now nothing. How do you think it feels?»* Une autre tape sur le micro. C'est donc ça, il est en peine d'amour. Je l'aime encore plus, poète de mon âme trouble, qui chante le péché et le salut. *A walk on the wild side* avec celui qui baigne dans les eaux troubles du cœur et du corps avec lucidité. Je passe le reste de la nuit avec Ann Voisin à parler de tout ceci et à fumer des joints de pot très puissant.

Lorenzo m'écrit souvent et continue de temps à autre à m'envoyer deux ou trois numéros de *l'Évangéline*. Je lis ça avec ambivalence. Je me demande ce que je fais ici. Pourtant, quand je sors faire de longues marches, je me dis que j'aime Montréal. Je me plais ici; je pourrais y rester quelques années. J'aime l'idée de me frayer un passage dans une foule anonyme. Ça me permet de continuer le monologue intérieur que j'entretiens en attente d'une image ou de bribes de mots qui donneront peut-être des poèmes.

Je prends l'habitude d'écrire chaque soir quand je rentre. Tôt ou tard. Parfois, dans des états d'ébriété assez avancée. J'attaque alors la page de ma rage de vivre, de mon état d'éternel minoritaire et de mon manque d'amour.

Je continue mes petits projets pour le compte de l'Office national du film. Un après-midi que je traîne dans la bibliothèque en attendant la fermeture du bureau, je découvre un numéro de la *Nouvelle Barre du Jour* et un texte surprenant. Il est signé Yolande Villemaire et s'intitule: *La Grande Ourse, configuration du désir et de la peur / schéma de la possession.* Je le commence et je n'arrive pas à m'en détacher. Je le photocopie sur-le-champ et j'en fais la lecture durant le trajet d'autobus de Côte-de-Liesse au métro Beaubien. Je continue à lire jusqu'à l'arrêt de la station Atwater et, une fois rentré chez moi, je le lis encore à deux reprises en soirée. Je m'imprègne d'une écriture de transformation qui renforce mon espoir quant au pouvoir magique des mots.

Xavier Roy me rend visite à Montréal. Il se présente à la porte avec un quarante onces de Scotch et une cartouche de cigarettes Marlboro. Nous sommes bien partis, comme à chaque fois, pour avoir le genre de discussion qui se prolonge très tard dans la nuit. C'est à coups de verres de Scotch ponctués de bouffées de cigarettes que nous entrons dans la ronde des échanges respectifs: la famille, les intérêts courants, les livres lus, les projets, les vœux pieux et les fantasmes. Xavier continue de traverser la vie en philosophant avec une dose saine d'humour, ce qui ne manque jamais de me faire réfléchir sur le trop sérieux de mes pépins ou le manque de sérieux de mes projets.

Il me fait part de son interprétation des écrivains et de l'alcool. C'est connu que William Faulkner, James Baldwin, Carson McCullers et Tennessee Williams, entre autres, buvaient comme des trous. Ça semble être une exigence préalable à l'écriture en Amérique du Nord.

Selon Xavier, l'alcool assomme les crises d'angoisse du créateur et atténue son anxiété en agissant comme un calmant. Mais le lendemain de la cuite, le monologue intérieur est amplifié et suscite l'état qui donne souffle au récit, à l'œuvre. À la fin de la journée d'écriture, le manège recommence, et on boit un petit verre pour se remettre.

Un outil très utile que l'alcool, mais qui a ses effets secondaires : cirrhose du foie, lente descente dans la folie et *delirium tremens* ; mais, au nom de l'art, peut-on reculer ? Xavier étudie le processus de création d'un œil narquois.

Pourtant, je réfléchis aux commentaires ironiques de Xavier sur le rapport de l'alcool à l'écriture et sur le cercle vicieux de la quiétude et de l'angoisse. Boire pour se détendre et fêter. L'état de fragilité du lendemain, parfois intenable, mais qui fait écrire. De la même façon que quelques verres m'incitent parfois à oser davantage devant la page blanche. Et je vois alors l'alcool comme un outil, un moyen d'exploration. Je me raisonne ainsi en débouchant une autre bouteille.

Je découvre dans la *Nouvelle Barre du Jour* un autre texte qui me coupe le souffle. Un nommé Georges Khal réfléchit sur *la tragédie du mind-fuck*, et j'en jubile. Je lis son exploration des nouvelles théories de la cybernétique, de la double contrainte, du paradoxe, du bio-ordinateur humain et de quoi d'autre encore, en écoutant un spécial des Doors diffusé par CHOM-FM. Je suis comme écartelé entre mon passé à Moncton et la mémoire des Doors qui remonte en moi comme une senteur de pot, et le futur se tisse sous mes yeux dans le texte de Khal. J'ai l'impression que ma conscience permute.

✣

Je reçois un téléphone de Lionel LeBlanc.

– Hier soir, mon colocataire a couché avec un gars qui te connaissait, pi il m'a donné ton numéro quand j'ai commencé à parler avec au déjeuner ! Quoi c'est que tu fais à Montréal ? Faut qu'on se voit ! Faut se *gasser* ! J'arrive !

Lionel LeBlanc, c'est un autre phénomène de Bouctouche. Il a fait ses études à l'Université de Moncton. Ses longs cheveux, son accoutrement et son enseignement n'ont guère été prisés dans la petite communauté où il s'est retrouvé après avoir obtenu son diplôme et qui a fini par le rejeter. Pour essuyer cet affront, il a déménagé à Montréal, où il enseigne le français à Saint-Léonard. Comme il dit :

– Ça sera le *fun* d'entendre les Italiens de Saint Léonard parler français avec l'accent acadien. Ça fera une job sur la tête des Québécois !

Il dépose un sac rempli de bouteilles en franchissant la porte. Il frappe dans ses mains en roulant les hanches avant de me demander :

– Alain, écoutes-tu encore Aretha Franklin ? Y'en a pas d'autre ! *Chain-Chain-Chââân, Chain Of Foo-ools !*

Je vois qu'il est d'aplomb. Nous faisons le tour de notre village natal et de tous les personnages hauts en couleur que nous avons connus. Nous reprenons les sobriquets, les coups pendables, les expressions, les imitations de certains originaux. Nous chantons : « Quand je suis né / à l'ombre d'un feuillage / Quand je suis né / Mon père me l'avait dit / Que j'allais faire / Un enfant de la débauche / Que j'allais faire / Un enfant sans souci… »

Je demande à Lionel s'il pense que nous sommes si différents de nos parents à la fin.

– On est pareils ! La seule différence, c'est qu'on a appris à lire pi à écrire. Y'auriont jamais dû nous faire ça. Astheure, i'est trop tard ; on va se venger pour z-eux !

Et la nuit avance avec l'alcool et les joints. Lionel estime que c'est par l'excès que nous accédons au vrai. Soudain, il décide qu'il ne peut plus rester en place.

– Sortons ! On finira par trouver un bar sordide alentour d'icitte.

On sort marcher sur la Dorchester et on se rend jusqu'à la rue Sanguinet. On s'arrête à un bar, le temps d'une bière, avant de poursuivre la tournée. À trois heures du matin, après d'innombrables bars et d'innombrables bières, on rentre à pied en flottant à travers les oiseaux de nuit de la ville. En arrivant sur la rue Souvenir, on fume un dernier joint devant la porte. Et tout à coup, on se met à pleurer sur l'enfance qu'on a quittée, sur le temps qui passe et sur la beauté du soleil qui se lève à l'est sur la ville de Montréal.

En me réveillant le lendemain après-midi, je mets un bon cinq minutes à comprendre où je suis. Je reste au lit un long moment à démêler les images qui m'assaillent suivant l'immense dérive de paroles de la veille. En ce moment de ma vie, je me demande avec dix fois plus d'insistance où je vais et ce que je deviens. Je m'acclimate à Montréal, tout en sachant que je n'y resterai pas. Moncton me manque, même si j'ai l'impression de végéter quand j'y suis. Quant au retour à Bouctouche, la question ne se pose même pas, puisque j'ai compris qu'une fois partie, on y revient difficilement. Et y revenir pour quoi faire? C'est du passé et je ne pense pas avoir à réapprendre ce que je sais déjà. L'expression « *You can't go home again* » me semble criante de vérité à ce chapitre.

Je pense à cette ferme d'Emerson, dans le comté de Kent, que Roger Doiron, Yogi et Jean-Philippe Boudreau avaient louée à l'été de 1974. Un lieu idyllique, s'il en fut, où mes amis songeaient à élever des poules et des cochons. Je m'y rendais de temps à autre, les fins de semaine surtout, pour des *partys* éclatés.

En juillet, tous les locataires décident de voyager un peu. Ils me proposent de m'y installer une semaine ou deux et d'y emmener Gilles Robichaud, qui ne se portait pas très bien à ce moment-là. C'était un lieu d'une grande quiétude; il passait à peine deux ou trois voitures par jour dans le chemin de terre devant la maison. Comme Gilles parlait très peu, nous passions nos journées dans le silence. Parfois, nous écoutions *It's A Beautiful Day* et Santana. Je lisais *Blanche ou l'oubli*, d'Aragon, que j'étudiais comme la Bible.

Je vivais hors du temps, dans un lieu que je savais que je ne pourrais jamais habiter pour très longtemps. C'était l'été, un moment, un moment plein, certes, mais j'avais déjà hâte de rentrer à Moncton retrouver la confusion qui me nourrissait. La vie «dans le fond des bois» ne me semblait pas une option valable. C'est dans cette quiétude presque absolue que j'ai compris à tout jamais que j'étais un animal de ville.

Alors que je repense à tout ceci, mon esprit s'envole vers les États-Unis, la côte ouest, New York, la Louisiane. Je me laisse aller à répéter ces noms en flânant. J'aimerais déguerpir sans laisser de traces, sans but précis autre que celui de bouger. Et je m'éclate de rire en pensant à cette phrase simple et comique de George Webster, qui déclarait sur la rue Cameron, des siècles passés il me semble: « *Wherever you go, there you are!* »

Il me revient une autre image d'Emerson. C'était un après-midi de canicule. L'air vibrait. Soudain j'aperçus un homme fantôme tout trébuchant s'approcher de la maison. Le cœur me débattait; je n'en croyais pas mes yeux. Quelle sorte d'horreur pouvait bien avancer vers la maison?

À mesure qu'il s'approchait, je reconnaissais un homme en boisson. Il était vraisemblablement tombé la tête la première dans la poussière du chemin de terre, ce qui donnait à son visage une couleur blanc farine. Avec ses lèvres humides écarlates qui balbutiaient des incohérences, il ne présentait rien de rassurant.

Il était monté sur la galerie jusqu'à la porte, et quand je m'étais présenté devant le moustiquaire, il m'avait demandé s'il pouvait entrer visiter. Apparemment qu'il avait vécu ici plus de 25 ans avant. Je l'entends encore déclarer avec toute la tristesse du monde: « *You are never finished with the past!* »

Pour le moment, je suis à Montréal et je finis par me lever en fin d'après-midi pour déposer ma carcasse dans un bain chaud. En sortant de la salle de bain, je me sens encore un peu soûl. Une longue marche me semble un remède raisonnable, histoire de me dégriser un peu.

✣

En fouillant parmi les dernières acquisitions de ma librairie d'occasion, je découvre que mon lecteur anonyme a subi un virage idéologique. Il s'interroge maintenant sur l'efficacité révolutionnaire des livres féministes.

J'avais d'abord perçu son questionnement en lisant *The Golden Notebook*, de Doris Lessing. Aujourd'hui, je trouve *Flying*, de Kate Millett, où il a noté des commentaires elliptiques et parsemés de points d'exclamation. « *The personal is political!* » Je me dis que oui, bien sûr. J'ai pas de misère avec ça.

Les livres de Doris Lessing et de Kate Millett, quoique d'approches différentes, ne manquent pas de provoquer chez moi des questions fondamentales sur les enjeux de la création et sur une toute nouvelle façon de l'interpréter. Plus je lis, plus j'ai l'impression d'être pris par une fièvre, une fièvre d'en connaître plus encore. Tard dans la nuit de Montréal, je fume des cigarettes et je transcris des passages de ces livres vivants, de ces nourritures textuelles et sensuelles, de ce tourbillon salubre au cœur des idées reçues.

Je découvre avec bonheur *Marmelade Me*, de Jill Johnston. Il s'agit d'une collection de ses écrits sur la danse, les arts visuels, les happenings et d'autres phénomènes culturels new-yorkais. En plus de faire la critique des événements, l'ouvrage est l'autobiographie d'une conscience en mutation. L'anecdote nourrit l'écriture où l'œuvre et la vie s'entremêlent. « *When your carburetors are in tune, your pistons are in love with your spark plugs* », écrit-elle.

Quelle est cette exploration de la vie quotidienne qui me sollicite tant? Les menus détails, l'émotion, les conversations, la marche en ville, l'accumulation de faits qui constituent une vie humaine. Ça me donne le goût de poétiser chaque chose que je vois, chaque chose que je vis. J'ouvre la radio et j'entends Joni Mitchell chanter *You Turn Me On I'm A Radio*. Je me dis : « Justement! Oui, c'est ca! La porte, l'autobus, le taxi, l'avion, le vaisseau spatial qui vont m'amener à la poésie. Oui, oui, oui… »

Le courrier m'amène d'autres merveilles. Je reçois une lettre d'Anne-Marie. Elle me raconte ses déboires des derniers temps. Elle est en beau maudit parce qu'elle s'est fait voler son stéréo pendant qu'elle était à Halifax pour voir le spectacle de John Hammond. Elle joint malgré tout une demi-dizaine de pages de poésie. Elles me réjouissent à n'en plus finir, et je prends le stylo sur-le-champ pour lui écrire à mon tour dans la complicité psychique des sauvages.

L'hiver prend fin, et je tente de faire le bilan de mon séjour montréalais. Qu'est-ce que j'en ai retiré? J'ai certes passé énormément de temps à découvrir cette ville. J'ai marché des milles et des milles en jonglant avec mes idées et en réfléchissant sur ce que je devenais. J'ai écrit comme jamais auparavant et j'ai beaucoup lu. À la fin du compte, j'ai découvert une ville qui me plaît. J'ai vécu à un autre rythme. Mais ce n'est pas ici que je poursuivrai ma route. Je sens l'appel de Moncton s'intensifier.

Chapitre 6

À la mi-août, je rentre à Moncton. J'aboutis de nouveau sur la rue Dufferin. Arrivant sans le sou et sans emploi, je me sens un peu désemparé. Conrad Cormier me suggère d'aller au bureau d'assistance sociale. Après un interrogatoire exhaustif, je finis par leur arracher de l'argent et je reprends en douce ma vie monctonienne.

Lorenzo Cormier ne manque pas de me briefer sur les derniers potins du milieu. Roger Haché s'est séparé de Louis Gallant qui couchait en cachette avec la sœur de Marcel Boudreau, alors que ce dernier baisait avec Hector Allain qui s'est confié à Roger LeBlanc. Et ce n'est pas tout. Bernard Cormier quitte Sophie Gaudet pour Angèle Belliveau qui a laissé tomber Robert Goguen. D'après ce que je peux comprendre, il y a des déménagements dans l'air. C'est cyclique ici. Chaque quatre ou cinq ans, c'est le grand remue-ménage dans les couples. Les desseins troubles du cœur ne cesseront jamais de m'étonner.

Personnellement, je ne comprends plus mes sentiments par rapport aux rencontres sexuelles. Je mélange mes obsessions avec des histoires d'amour et je ne sais plus faire la différence entre les deux. Je ne veux plus d'histoires d'amour, je veux seulement en rêver pour les besoins d'écriture. Et pour ce qui est du sexe, ça flotte toujours partout ici; alors, allons-y pour les plaisirs passagers.

Peu de temps après mon retour, je rencontre Françoise Dupuis dans la rue, et elle m'invite à aller lui rendre visite. Nous nous étions connus au hasard d'une rencontre chez des amis communs quelques années auparavant. En parlant de livres, elle m'avouait son goût pour Lawrence Durrell, Constantin Cavafy et Nikos Kazantzakis. J'avais trouvé ça méditerranéen, quelque chose de rare. Elle s'intéressait aussi à l'écriture, et j'avais le goût de la revoir.

En entrant chez Françoise Dupuis, sur la rue Robinson, je suis frappé par l'aspect monacal de son appartement. J'avance dans la cuisine la rejoindre alors qu'elle glisse des feuilles dans une chemise.

– Qu'est-ce que t'écris?

– Des choses, qu'elle me répond avec un sourire amusé.

Je remarque une copie du Yi-King sur la table, un verre avec trois pièces d'un cent dedans et *The Varieties of Religious Experience*, de William James.

Nous parlons de livres et de musique pendant deux ou trois heures et je commence à saisir enfin ce qui me la rend attachante. Sa conception de la vie est saine; elle a compris ce qu'elle avait à faire et elle le fait. Cela démontre un caractère tout à fait zen à mes yeux.

Mais ce qui m'intrigue par-dessus tout, c'est son rapport avec l'écriture. Je ne ressens chez elle aucune angoisse et encore moins de déchirement en ce qui concerne cette expérience. Elle s'adonne simplement au jeu d'écrire; elle agit sur une idée et cherche à voir si ça marche. Sinon, elle essaye autrement. Ce n'est pas que

Françoise ne se pose pas de questions à l'endroit de son travail d'écriture; c'est qu'elle n'en fait pas tout un plat.

Elle me raconte tout ceci avec des éclats de rire intermittents, salubres et lumineux. J'en sors plus léger, dans un état de bien-être, et j'apprécie le simple fait de marcher sur la rue Robinson, dans la ville où vit Françoise. Et je formule le souhait d'apprendre par son exemple de vie.

⁂

Je tombe vite dans une routine. Le matin, je déjeune chez Duane où je retrouve divers amis. Je passe mes après-midis chez Lorenzo Cormier, qui habite maintenant au coin des rues St. George et Archibald, à écouter de la musique et à placoter. En soirée, nous traversons la rue pour aller à La Cave à Pape, un nouveau bar où se retrouvent toutes sortes de monde.

La Cave à Pape, c'est le nouveau *hang out* des artistes, des amis, des *weirdos*, enfin un petit bar qui peut contenir une quarantaine de personnes. Les soirs où ça marche fort, ça boit, ça parle, ça chauffe.

Un soir que je suis assis avec Roger Doiron et Suzanne Demers à faire la fête bruyamment, Robert Landry se pointe vers 11 heures. Il nous regarde d'un œil torve et, avant d'aller prendre place à une table, il avance vers nous et déclare d'un ton péremptoire:

– Vous riez fort astheure, mais quand les ouvriers prendront le pouvoir, qu'ils auront aboli la propriété privée des moyens de production, qu'ils auront instauré une vraie culture prolétarienne, vous aurez des comptes à rendre! Vous rirez peut-être un peu moins ce temps-là!

Et il nous tourne le dos pour regagner sa table.

Nous restons ahuris, n'arrivant pas à comprendre ce qui aurait pu provoquer une telle sortie. Roger dit :

– Il se chavire.

– Moi qui pensais avoir laissé ça derrière moi à Montréal, ajoute Suzanne.

Nous reprenons la fête avec un haussement d'épaules.

Je n'arrête pas de penser à Robert et à son marxisme-léninisme aigu. Quelques soirs plus tard, au Kacho, je le vois se diriger vers le bar. Je m'approche de lui et lui souffle à l'oreille :

– La poésie est un fleuve majestueux et fertile, disait Lautréamont.

Il ne sourit pas. Il commence plutôt à me dire que c'est bien beau de s'amuser à citer des poètes, mais que la vraie poésie émane de la parole du peuple, du monde ordinaire. Et il ajoute :

– Cet après-midi, j'ai parlé avec une *waitress* pendant deux heures, et elle m'a parlé du maigre salaire qu'elle gagne, des longues heures qu'elle travaille et de son rêve d'en sortir un jour. Il y avait plus de poésie dans son discours et plus de réalité là-dedans que dans tout Lautréamont !

La tête me tourne. Je lui réponds que je n'ai rien contre la *waitress*, que ma mère a exercé ce métier et que j'ai appris d'elle des leçons fondamentales concernant l'exploitation, mais que ça ne m'empêche en rien d'apprécier Lautréamont, Rimbaud, Bob Dylan ou le barman du Kacho, que je commence à *cruiser* avec application.

Robert ne démord pas de son discours de Parti. *Us against Them*. Selon son analyse, à moins que je cesse de lire Lautréamont et de croire à l'art bourgeois, je demeurerai un ennemi du peuple, un des « *Them* ». Ça me jette à terre.

Je reste pensif des jours durant. Je songe à ce que sont mes amis devenus, comme dans le poème de Rutebeuf, et je songe à ce que je suis moi-même devenu. Je ne trouve pas ça reluisant. Avons-nous été naïfs? Nos rêves et nos débordements n'ont-ils été que des leurres d'adolescents? L'université n'aurait-elle été pour nous qu'un intermède de folie précédant notre plongée dans le «vrai monde»? J'ai du mal à le croire, mais pourquoi cet air maussade sur la gueule de la plupart des gens que j'ai connus?

On m'offre des contrats de recherche et de rédaction ici et là, et je réussis après quelques mois à accumuler suffisamment de semaines pour avoir mon chômage. Ça me soulage, car je pourrai au moins payer le loyer et m'acheter une caisse de bière quand j'en aurai le goût.

Au mois de novembre, une soixantaine de personnes qui s'intéressent à l'écriture se retrouvent à Memramcook en vue de former une association d'écrivains. Ça me stimule énormément de me trouver avec des gens, pour la plupart des amis, qui se regroupent autour d'un intérêt commun: la littérature acadienne.

La Société nationale des Acadiens du Nouveau-Brunswick organise une Convention d'orientation nationale à Edmundston en vue de délibérer sur le projet collectif du peuple acadien. Ça m'intéresse relativement, de loin, et je me laisse convaincre d'y participer.

Je me ramasse dans une fourgonnette avec Suzanne Demers, Maurice Bernard et une amie à eux en route pour Edmundston. Comme je n'ai pas fait de préparatifs avant de quitter, je ne sais pas trop où je vais crécher en soirée. Je m'arrangerai plus tard que je me dis. En arrivant à l'aréna où se tient l'inscription, je rentre dans une fourmilière.

Il y a plus de mille personnes en ville et je constate qu'il s'agit d'un échantillon assez représentatif de l'Acadie d'aujourd'hui. Chaque région et chaque village y ont envoyé des délégués représentant des gens de toutes conditions sociales. Je me promène ici et là, saluant des amis, dont certains que je n'avais pas revus depuis l'université.

J'arrive à la chambre du motel vers trois heures du matin. La porte n'est pas fermée à clef. En ouvrant, je bouscule une masse de corps distribués partout dans la pièce. D'après ce que je peux saisir dans la pénombre, il y a deux grands lits contenant quatre ou cinq personnes chacun, divers sacs de couchage et un nombre indéfini d'humains. Au moins deux corps sont évanouis au pied des lits.

Je tente de me trouver un petit coin dans cet amas de chair. Je réussis à me faufiler sous l'énorme lavabo de la chambre, sous lequel je m'écrase.

J'entends des voix chuchoter des ragots, d'autres parler plus fort de politique et un couple qui est indubitablement en train de baiser. En m'endormant, je me dis c'est Hieronymus Bosch *acadian style*.

Le lendemain, je m'inscris à un atelier sur l'orientation culturelle de l'Acadie et je me retrouve à discuter avec une douzaine de personnes. Notre tâche consiste à définir la place que la culture doit occuper dans le projet collectif acadien. Les échanges me donnent du fil à retordre.

Quand vient mon tour d'exposer mon point de vue, je me lance dans un plaidoyer passionné pour la diffusion massive des forces vives de la création contemporaine. J'explique la pertinence de la poésie de Robert Landry et de Gilles Robichaud, du théâtre l'Escaouette, de la peinture d'Yvon Goguen, en gros, des choses qui me tiennent à cœur. Je m'aperçois, en pleine envolée lyrique, que la quasi-totalité des participants n'a aucune idée de quoi je parle.

Me voilà confronté à une autre réalité, aussi valable que la mienne et tout aussi acadienne, mais n'empêche que je sens un gouffre entre nous. Les échanges demeurent tout de même cordiaux, mais je fais bande à part avec mes convictions profondes. Il devient évident que je devrai faire des ajustements si je veux me faire comprendre.

À la fin de l'exercice, nos discussions aboutissent à des recommandations. Ça me fait plaisir que, dans l'ensemble, nous soyons tombés d'accord sur la nécessité de valoriser davantage le travail de nos créateurs.

Pendant le reste de la Convention, je me balade tout simplement d'une place à l'autre, en prenant des notes selon mes impressions, au détour d'une conversation, ou sur des commentaires entendus au vol. L'expectative est à son comble.

La dernière journée, l'assemblée vote majoritairement pour la création d'une province acadienne au Nouveau-Brunswick. Au cœur de l'exaltation de la foule, je me laisse emporter par cette vague d'euphorie. Une étape vient d'être franchie, fût-elle symbolique, et au milieu des salves d'applaudissements soutenus et des drapeaux acadiens brandis, je ressens de la fierté.

En mon for intérieur, je sais que c'est par l'écriture que je suis le mieux habilité à contribuer à l'évolution de cette société. Pourtant, je sens que c'est très peu de chose dans cette grande fête qui se déroule sous mes yeux et je me sens très seul tout à coup.

Au moment du départ, je tombe sur Alexandre Cormier, qui se relève d'une grande peine d'amour. Il me demande si je veux rentrer à Moncton avec lui. C'est exactement l'ami qu'il me faut pour discuter de tout ce qui me trotte dans la tête.

En cours de route, nous explorons nos préoccupations immédiates et à plus long terme. Je lis tout haut des poèmes d'Adrienne Rich, ses *Twenty-One Love Poems*, qu'il m'avait ramenés des États-Unis, il n'y a pas si longtemps.

What kind of beast would turn its life into words?
What atonement is this all about?
– and yet, writing words like these, I'm also living

Le voyage de retour d'Edmundston et la longue discussion avec Alexandre me reviennent fréquemment à l'esprit. Je tente d'évaluer objectivement tout ce que j'ai vécu ici et la façon dont j'ai évolué avec mes amis et mon entourage. Qu'avons-nous accompli à la fin du compte ?

L'expérience de la Convention d'orientation nationale m'a démontré que l'Acadie se trouvait, encore une fois, à l'heure des choix. Je fais partie d'une société en changement. Je constate que le milieu relativement restreint dans lequel nous avons agi y a été pour quelque chose sûrement. Nous avons débordé de façon excessive, sinon radicale, mais pouvait-il en être autrement devant le désir d'exploser qui nous habitait ?

Nous avons adopté la marginalité en décrochant des attentes que le milieu investissait en nous. Nous avons refusé de nous ranger. Mais n'est-ce pas le rôle des artistes ? N'y a-t-il pas une force de transformation qui surgit de la marge pour que la société puisse remettre en question certaines de ses certitudes ? Du moins, il me semble que nous avons démontré que la société dans laquelle nous vivons est plus complexe qu'un regard superficiel peut laisser paraître.

Curieusement, dans les mois qui suivent la Convention, je ne remarque aucune remontée d'énergie autour de moi. Le dynamisme fait place à un essoufflement. C'est comme si nous avions fait un gros *party* qui résumait tous les rêves des années 70 et que nous nous étions réveillés le lendemain pour retourner à la job, aux choses plus sérieuses. Ça ne m'attriste pas outre mesure. Je me dis que quelque chose a atteint un point culminant et qu'il faut essayer de voir de façon claire ce qui s'en vient. Sauf que je ne sais pas trop ce qui s'en vient.

Céline Cormier est en visite de Caraquet. Nous nous retrouvons chez Duane et je discute avec elle, si perspicace. Je lui raconte que je trouve tout le monde *down* et que je me demande si c'est dû à la saison. C'est plutôt dû à l'époque, qu'elle me répond. Elle s'éclate de rire en me disant que nous avons connu une période de folie et qu'il faut se brancher sur ce qui nous intéresse et continuer ainsi. J'en ai déjà l'intuition, mais elle le dit de façon intelligente et convaincante. D'ailleurs, elle m'invite à m'installer dans un chalet qui lui appartient, avec Maurice Bernard, à Maisonnette, de l'autre bord de la baie de Caraquet, pour l'été si le cœur m'en dit.

L'offre de Céline Cormier me plaît. Elle ajoute que ce lieu est tout désigné pour faire du pensing, écrire et mettre ensemble un recueil de textes. Je comprends qu'un être cher me tend la main, qu'un déplacement géographique me dégourdira sûrement et, après quelques minutes, ma décision est prise : je me rendrai à Maisonnette au début juillet.

En arrivant à Caraquet, je me rends au Grand Manoir, sur la rue Principale. Ayant à peine posé ma valise par terre, la porte de la cuisine s'ouvre et Maurice Bernard apparaît. Il m'embrasse en me souhaitant la bienvenue et se lance du coup dans un monologue sur les emmerdeurs d'à-côté qui érigent un « mur de la mentalité » qui *fuck* le stationnement devant leur établissement. Une histoire de fous où il est question d'avocats qui essaient de régler le problème du mur du Grand Manoir, qui déborde d'un dixième de centimètre sur la propriété du voisin. Maurice Bernard n'y va pas de main morte dans les explications du phénomène.

Nous montons au troisième, à sa chambre, où se trouve son piano électrique. Il m'explique longuement son projet de *space opera*, en passant par Asimov, la musique *rock* et le cristal qui sonde. La quiétude de cette chambre et les explications hautes en couleur de Maurice

Bernard me donnent nettement l'impression d'être à bord d'un vaisseau spatial.

Après moults préambules, sa pudeur d'artiste est un peu maîtrisée, et il m'exécute la première chanson. Sur des accords un peu rudimentaires, une musique prend forme, très originale, sur des images qui me donnent accès à son univers. J'en suis renversé. Il est évident qu'il vient de toucher à un territoire d'exploration infini, et je suis ému d'assister à cette gestation.

Je lui fais part de mon enthousiasme et je tente de répondre à ses questions le plus clairement possible. Une bonne partie de la soirée y passe et, vers deux heures du matin, Céline arrive et m'informe que, demain, elle me conduira à Maisonnette.

Le lendemain, encore exalté de la veillée passée avec Maurice Bernard, je m'installe à Maisonnette. Je suis à deux pas de la mer; l'air salin me ravigote.

Je marche jusqu'au petit magasin du village faire des emplettes. Quand j'arrive pour payer, la caissière me parle du temps, de ci et de ça. Je comprends qu'elle veut savoir qui je suis et d'où je viens. Je lui dis que je suis un Acadien de Moncton et que je suis installé dans le chalet à trois pas de là, ce qui la rassure. Ayant compris que je suis du bon monde, elle m'informe que le bingo du village se tient les mardis soir.

Après le souper, j'ouvre une bière et je commence à feuilleter ma liasse de poèmes. Je retrouve mes images de Moncton, ma tristesse, mon blues et ma rage. Tout ceci me paraît dépassé. J'ai l'impression de lire les textes d'un autre qui serait passé dans ma vie il y a longtemps. Je constate que certains thèmes reviennent, qu'il existe une certaine cohésion thématique et qu'un recueil semble vouloir prendre forme.

Les journées passent tranquillement. Après mon café, le matin, je sors marcher jusqu'à la mer. Je prends de longues respirations devant l'infini. « Elle est retrouvée. / Quoi ? – L'Éternité. / C'est la mer mêlée / Au soleil ». Les vers de Rimbaud résonnent en moi parmi les cris des goélands qui explosent tandis que je rêve sur la plage rocailleuse.

Ça me rappelle quand j'étais petit et que je m'assoyais sur le quai pour regarder l'horizon. Ce qui m'intriguait c'était l'au-delà de l'horizon : le mystère, le bout du monde. Peut-on aller au bout du monde ? Il m'arrivait de passer des heures en état de contemplation et, pour tout dire, en état de grâce. Je me sens envahi d'une grande nostalgie que j'interromps aussitôt en me levant. C'est loin, mon enfance sur le quai de Bouctouche. Tout de suite, je suis à Maisonnette pour mettre de l'ordre dans mes textes sinon dans ma tête, ce qui est déjà tout un projet.

L'été se déroule sans incident. Je descends à Moncton chaque deux semaines pour ramasser mon chèque de chômage. J'y reste une journée, le temps de faire quelques appels téléphoniques et quelques courses avant de reprendre le chemin du Nord.

Je fais le voyage sur le pouce, une éducation en soi si l'on s'intéresse à la généalogie. Cela commence invariablement par un « D'à-y'où ce que tu viens ? » Je dis que je suis natif de Bouctouche. On me demande alors si je connais un tel de ce village, marié avec une telle. À travers ces défrichages de parenté, j'apprends, par exemple, qu'un gars de Bouctouche est marié avec une fille de Shippagan, qui se trouve être la cousine de l'oncle du chauffeur qui habite à Néguac. L'expérience m'arrive neuf fois sur dix sur la route entre Moncton et Caraquet. Je ne sais pas si je dois rire de ce réseau organique de parenté sur lequel on trébuche en égratignant la surface ou m'inquiéter du phénomène des mariages consanguins qui ont peuplé l'Acadie. N'empêche que je finis toujours par me rendre à destination.

La deuxième semaine du mois d'août, j'emprunte une machine à écrire pour taper au propre les textes corrigés. Le manuscrit prend forme sous mes yeux. Chaque page semble se placer dans une logique interne. Quand tout est bien tapé au propre, je regarde cet amas de feuilles et me dis tout haut : « Alain Gautreau, après tout ce temps, tu viens de terminer ton premier livre ! »

Dehors, il fait déjà noir, très noir. J'appelle Céline pour lui demander de venir me chercher. Je veux rentrer à Caraquet fêter. J'ai un goût féroce de bière.

Je compte demeurer au Grand Manoir jusqu'au lendemain du 15 août, la Fête nationale. Je me jette dans les festivités, car le Festival acadien bat son plein, et Caraquet fête en grand : spectacles en plein air, gala de la chanson, bavarois. La soirée se termine au Grand Manoir, où nous buvons tard dans la nuit.

Ça parle beaucoup de politique ces derniers temps. Comme le Parti acadien a aussi son siège social au Grand Manoir, les discussions tournent autour de son programme et de la création d'une province acadienne.

On rêve tout haut, et je me laisse emporter dans ce brassage d'idées.

Lise Bernard m'approche un soir avec une proposition urgente. Elle m'explique que, étant donné que Caraquet est « la capitale de l'Acadie », il va de soi que les débats se dérouleront ici, que les décisions se prendront ici et qu'il est donc logique que les artistes et les créateurs de la province s'y installent. Parce que je l'aime bien, je tente à mon tour de lui expliquer que je me sens bien à Caraquet. J'y ai de bons amis, mais Moncton, c'est chez moi.

En lui exposant ceci, je me l'explique aussi à moi-même. Pourquoi Moncton ? Dans un premier temps, les amis. C'est aussi une ville. Nous sommes minoritaires, certes, mais j'aime la friction que cela occasionne parfois. Nous avons rarement la chance d'être complaisants, même avec nos acquis. La tension me nourrit, que je lui dis. Et pour abonder dans son idée de province acadienne, j'ajoute que nous ne pouvons pas tous déménager dans la Péninsule acadienne, car en demeurant à Moncton, nous serons les résistants à la frontière de la future province. Elle s'éclate de rire, et nous allons prendre une bière.

Je reviens en ville profiter de l'automne et de ce qu'il me reste de chômage. Le manège de Moncton me rattrape vite.

Anne-Marie arrive de bonne humeur sur le coup de midi. Nous descendons au Highfield Square chercher des disques bon marché. On s'arrête aux Terrasses, le temps d'un café. Au comptoir, Anne-Marie demande deux cafés.

– *I don't speak French!* crache un épouvantail déguisé en serveuse.

– *Of course you don't*, que je lui réponds, *whoever heard of peasants speaking two languages.*

Anne-Marie et moi gesticulons avec l'index et le majeur, en articulant exagérément: «DEUX CAFÉS!»

La serveuse finit par nous glisser brusquement notre commande, et nous nous trouvons une table. Quelques minutes plus tard, Anne-Marie retourne au comptoir et, sourire aux lèvres, demande:

– *Could I have another cup of whatever you call this stuff and two creams to kill the taste.*

Nous nous encourageons mutuellement à participer à la grande soirée de poésie qui aura lieu au début octobre, dans le cadre du Festival des arts, à Moncton. Par ricochet, Anne-Marie me demande si je vais finalement accoucher de mon livre. Je lui réponds que j'attends toujours le sien.

– Ça s'en vient, qu'elle répond.

Nous nous éclatons de rire ensemble.

Le Festival des arts arrive enfin, et la ville est envahie par des créateurs de tout poil. Le monde zigzague du campus au Centre culturel, sur la rue Victoria, vers des activités multiples de musique, de théâtre et de danse. De plus en plus d'événements se déroulent maintenant en ville plutôt que sur le campus. Nous avons vraisemblablement déplacé des choses.

Le samedi soir de la Nuit de poésie, je suis présentateur, avec Céline Cormier. Nous sommes installés un peu en retrait, devant des micros, à une table qui donne une très bonne vue de la scène.

Devant une foule serrée, Françoise lit en public pour la première fois. Anne-Marie nous galvanise de sa voix envoûtante. Robert propose des textes très sobres sur la tragédie du parc Kouchibouguac. Alexandre débute sa lecture en chantant à capella *To Love Somebody*.

Je monte sur scène à mon tour, paralysé par le trac. Je ne sais pas si j'arriverai à prononcer les premiers mots de mes textes. Et puis, ça sort. Les mots s'enchaînent, et je m'exécute avec un peu plus de confiance. En lisant, je me sens transporté par le rythme de notre langue, conscient que chaque paire d'oreilles comprend exactement, de façon organique, ce que je dis. L'expérience m'exalte.

À l'entracte, les gens circulent dans le Centre culturel. Marcel Poirier filme tout ce qui bouge. Caméra à l'épaule, il se fraye un passage à travers la foule, saute sur une chaise pour une prise, surprend les gens dans les toilettes, fait des interviews dans les escaliers. Nous devenons tous acteurs et témoins dans ce carnaval fou de la poésie vivante.

Avant la fin de l'entracte, le directeur de la nouvelle maison d'édition, les Éditions du Printemps, me lance :

– J'attends toujours ton premier recueil.

La saison change de couleurs. Moncton devient resplendissante sous ses arbres et la lumière d'automne. Marcher dans la ville est une expérience esthétique.

Je rencontre Robert qui broie du noir, car la direction marxiste-léniniste vient de l'évincer du Parti en raison de son éparpillement et de ses fréquentations suspectes. Il pense sérieusement à retourner aux études en vue de terminer son doctorat. Je l'encourage de mon mieux.

Au cours de notre conversation, je me rends compte que c'est à mon tour maintenant de lui offrir une épaule, un bon mot. C'est un juste retour des choses, que je me dis.

Gilles apparaît et disparaît de façon intermittente. Son état demeure fragile. Quand il s'adonne à des excès, il flotte dans la fête pendant un certain temps et puis il s'éclipse. Il rentre en dedans de lui-même dans le mutisme et l'immobilité.

Je songe de plus en plus sérieusement à cette proposition de publication. J'en discute avec des amis, et ce n'est pas l'encouragement qui fait défaut. C'est donc à moi de jouer.

Avec *Bitches' Brew*, de Miles Davis, sur le tourne-disque, je tape au propre, pendant des jours, un choix définitif de textes que j'avais rassemblés l'été d'avant à Maisonnette.

Si les années 70 ont été des années de rêveries et de vœux pieux, il ne tient qu'à moi de mettre en pratique ce que je prêche. Je finis par me convaincre, en me disant que, pour faire un deuxième livre, je devrai bien finir par en publier un premier.

Après une semaine et d'innombrables relectures, je dépose mon premier manuscrit aux Éditions du Printemps.

Chapitre 7

Je sors marcher dans le blanc de Moncton en ce février froid. Je passe à la Caisse populaire, sur la rue Lutz, où un employé du Centre culturel me dit que des boîtes viennent d'être livrées aux Éditions du Printemps.

Sur le coup, je suis saisi de frayeur. Je sais qu'il s'agit de mon recueil, et les pires pensées me montent à la tête. Si la couverture avait été morpionnée ? S'il y avait d'innombrables coquilles ? Les pires scénarios me paraissent possibles.

Je continue de marcher en ville une heure ou deux. Je tourne en rond autour du Centre culturel, n'arrivant pas à me décider d'entrer et d'aller voir au bureau. Sachant que je ne peux pas remettre indéfiniment ce moment inéluctable. J'ouvre la porte du Centre culturel et je me dirige vers le bureau des Éditions.

J'aperçois mon premier livre. La couverture d'Alexandre est magnifique. Je n'ose toujours pas regarder à l'intérieur. J'en glisse un exemplaire dans ma sacoche et je rentre chez moi.

Après m'être préparé un café, je m'assois à la table de cuisine. Je pose le livre devant moi et je l'ouvre. En lisant les premières lignes du premier poème, je sens une forte vibration monter en moi et je commence à entendre des voix. Je vois le mot «matin» qui déclenche une hallucination auditive et j'entends ma mère prononcer ce mot, puis Lorenzo, puis Anne-Marie. J'entends ce vocable avec toutes les nuances que mes amis y ont investi et je comprends que le poème réactive les mots de ma langue. Je comprends que je suis le produit de tout ce que j'ai appris au cours de mon existence. Je poursuis la lecture, et la vibration s'amplifie.

J'entends mon père se moquer du curé; j'entends ma mère chanter une complainte un jour de semaine; j'entends mon professeur de français expliquer la règle d'un verbe irrégulier; j'entends la voix d'Édith Piaf à la radio; j'entends la voix d'Hector Maillet au téléphone; j'entends les voix de mon village natal comme une symphonie de mots sorciers; j'entends la voix de Jean-Claude Collette qui me parle d'Herbert Marcuse; j'entends la voix de Xavier Roy qui me parle le français hésitant de son expérience américaine; j'entends l'accent de Chéticamp de Julien Chiasson; j'entends Monique LeBlanc me demander ce que je lis; j'entends Robert Landry me parler d'Acadie et de poésie; j'entends Anne-Marie Doucet entonner *Season of the Witch* sur la rue Archibald; j'entends Gilles Robichaud me rappeler les mots simples de notre enfance; j'entends Frederic Wilson m'expliquer la Rose-Croix; j'entends Claude Léger me lire du Richard Brautigan; j'entends Alexandre Cormier me citer du Bertolt Brecht; j'entends Jean-Louis Marcoux me demander si je veux fumer un autre joint; j'entends Régine McNeill chanter en s'accompagnant à la guitare; j'entends Roger Doiron me raconter l'histoire de la déportation de

Kouchibouguac ; j'entends Ti-Col Richard monologuer sur les Acadiens du dix-huitième siècle ; j'entends Paul Gauvin m'annoncer : « *We have connections* » ; j'entends Conrad Cormier s'écrier : « Viarge ! » ; j'entends Pierre Rottet me parler du Jura ; j'entends Jean Boudreau me parler de James Joyce ; j'entends Réginald Belliveau me parler des freaks de su l'empremier ; j'entends Jean-Robert Fournier me jouer du David Bowie et me parler de Nietszche ; j'entends Roland Hébert m'expliquer la couleur ; j'entends George Webster déclarer : « *Wherever you go, there you are!* » ; j'entends Sally éclater de rire au volant de Roger's Cab ; j'entends Pierre Beaulieu avec l'accent du Madawaska tentant de me convaincre de lire ma poésie en public ; j'entends *Innervisions* de Stevie Wonder ; j'entends la trompette de Miles Davis ; j'entends Yvon Goguen m'expliquer en chiac des anecdotes qu'il transforme en peintures ; j'entends Suzanne Demers me lire du Réjean Ducharme au téléphone ; j'entends Marilyn de Moncton chanter *Quand le soleil dit bonjour aux montagnes* ; j'entends la voix de Zachary Richard sur la rue St. George ; j'entends Billie Holiday chanter *Lover Man* ; j'entends le piano de Thelonius Monk ; j'entends Lionel LeBlanc me raconter les histoires de notre village natal ; j'entends Lou Reed en mal d'amour ; j'entends Françoise Dupuis s'éclater de rire ; j'entends Céline Cormier me parler de stratégie ; j'entends Maurice Bernard m'expliquer le cristal qui sonde ; j'entends le trafic des rues que j'ai habitées, les murmures et les cris des voisins ; j'entends des bribes de conversation saisies lors de mes randonnées ; j'entends des voix du Kacho, de la Lanterne, les chansons de Bob

Dylan, la musique de Pink Floyd ; j'entends toutes les voix que j'ai connues. J'entends... j'entends.

Je comprends que l'univers immédiat est une vibration sonore de mémoire et j'aperçois la pulsation des mots sur les pages de mon recueil. Je reconnais que je suis maintenant entré dans l'univers des livres. Je reconnais que j'émets une vibration personnelle imprimée d'une culture qui se fond dans l'immense océan de la conscience.

Choix de jugements

Moncton mantra est un exercice de mémoire, une manière de rendre à la littérature ce qu'elle a donné au poète et romancier : une raison de vivre. Manière qui n'est pas celle des historiens et des sociologues. Point de science, que des émotions. Cela donne un témoignage qui rend assez bien l'esprit de l'époque, tout orienté vers la conquête d'une liberté de dire et de faire qui se délite, chez le narrateur et plusieurs protagonistes, dans la dépendance à laquelle l'usage des drogues et de l'alcool mène parfois.

Réginald Martel, « Le registre de la nostalgie » *La Presse*, 24 mai 1998, p. B3.

Est-ce que *Moncton mantra* est à proprement parler un roman, une œuvre d'imagination qui présente et fait vivre dans un milieu acadien des personnages donnés comme réels, qui nous fait connaître leur psychologie, leur destin, leurs aventures ? N'est-ce pas plutôt la mise en pages d'un journal intime, ce qui expliquerait le rythme saccadé, discontinu de certains chapitres ? On reconnaît aisément certains personnages clefs : Robert Landry / Raymond Guy Leblanc, Alexandre Cormier / Herménégilde Chiasson, Françoise Dupuis / France Daigle, etc. Mais ce qui suscite l'intérêt de *Moncton mantra* n'est pas tant la fidélité historique – du moins il nous semble – que l'image très subjective que l'auteur donne des événements. Dans ce cas, la problématique ne porte pas sur le degré de référentialité, de « réalité historique » de *Moncton mantra*, mais bien sur le sens historico-didactique explicite ou implicite de cette œuvre basée sur des événements et des personnages connus. Comment l'auteur présente-t-il ces années de braise que furent les années soixante-dix à Moncton pour la jeunesse acadienne?

Robert Viau, « *Moncton mantra* ou le portrait d'une génération », *Port Acadie*, n° 4, printemps 2003, p. 13-14.

Moncton mantra de Gérald Leblanc se veut le roman d'une Acadie moderne et ouverte sur le monde, par opposition à l'Acadie rurale traditionnelle et à ses mythes d'homogénéité. « L'épine dorsale me rétrécit », affirme son narrateur, « quand j'entends un *freak* folklorique déclarer concernant la guitare électrique: "C'est pas acadien". Je ne peux que répondre: "J'm'en god-dam ben" » (1997: 104) « Je veux des histoires de ville », ajoute-t-il, « des contradictions et des exaltations urbaines, la vie d'aujourd'hui quoi, comme moteur de création » (1997: 104). Dans cette perspective, le français de Leblanc doit inclure le chiac, qui devient le symbole de l'urbanisation acadienne.

Catherine Leclerc, « Ville hybride ou ville divisée: à propos du chiac et d'une ambivalence productive », *Francophonies d'Amérique*, n° 22, 2006, p. 154.

[À] l'image de son titre, *Moncton mantra* se veut un roman de l'urbanité et de la modernité. Leblanc y relate les démarches entreprises par les artistes de la renaissance acadienne pour supplanter l'image folklorique longtemps associée à leur culture. L'action de faire accéder Moncton à la littérature, la critique l'a abondamment souligné, joue un rôle dans le développement d'un imaginaire acadien urbain et moderne. En utilisant comme couverture du livre un plan de Moncton, les Éditions Perce-Neige ont rendu hommage à cette importance accordée à la ville. Une autre stratégie employée par Leblanc pour transmettre l'idée de modernité est de souligner l'immédiateté des événements qu'il relate en les narrant principalement au temps présent. Ce faisant, l'auteur contribue à la déconstruction d'une perception de la culture acadienne axée sur ses racines.

Catherine Leclerc, « Langues et traduction en équilibre : de *Moncton mantra* à *Moncton mantra* », *Revue de l'Université de Moncton*, vol. 38, n° 1, 2007, p. 126.

La quête d'identité chez Gérald Leblanc ne se laisse jamais tenter par le retour en arrière : on ne fabrique pas du nouveau avec de l'ancien et ce qui a déjà servi ne peut pas resservir. Dans cette optique, *Moncton mantra*, comme d'ailleurs l'ensemble de l'œuvre de Gérald Leblanc, témoigne d'une volonté d'écrire sur la ville pour se tourner vers l'urbanité, cette maîtresse de la modernité. Le folklore et la perception traditionnelle de l'Acadie ne suffisent donc plus pour définir une identité acadienne qui porte en elle les lignes de la modernité. L'Acadie d'aujourd'hui ne peut pas se replier sur le passé ; elle doit au contraire acadianiser tous les éléments du monde moderne pour exister de plein droit. La domestication de Moncton entre dans cette stratégie identitaire axée sur le changement et la nouveauté.

Raoul Boudreau et Mylène White, « Gérald Leblanc : écrivain cartographe », dans Marie-Linda Lord et Denis Bourque (dir.), *Paysages imaginaires d'Acadie. Un atlas littéraire*, Moncton, Chaire de recherche en études acadiennes, Université de Moncton, 2009, p. 40-57.

Cette froideur d'écriture donne à la lecture une étrange qualité. Les noms défilent et on a de la difficulté à les mémoriser, à les distinguer les uns des autres, tellement les personnages sont à peine esquissés. Mais l'objectif était peut-être de créer cette atmosphère brumeuse dans laquelle les choses et les êtres ne sont pas nécessairement très distincts les uns des autres. La drogue contribue à aplanir les écarts et tout devient ouateux : ce monde était bien aérien à cette époque.

David Lonergan, « Entre la pudeur et la parole », *L'Acadie nouvelle*, 10 mars 1998, p. 21.

Biographie

1945	Naissance à Bouctouche, le 25 septembre. Aîné d'une famille de sept enfants de Louis et Hélène LeBlanc (née LeBlanc).
1959	Installation de la famille à Saint-Jean (N.-B.). Gérald fréquente le St. Malachy's High School.
1963	Obtention du diplôme d'études secondaires du St. Malachy's High School de Saint-Jean, en juin.
1964-1967	Emploi à titre de traducteur au Workers' Compensation Board, à Saint-Jean.
1968	Voyage à Boston en compagnie de son ami Olivier Roy, un événement déterminant dans sa vocation poétique.
1970	De retour à Moncton, il habite Beechwood Terrace avec, notamment, Raymond Guy Leblanc et Herménégilde Chiasson. Il y habitera jusqu'en 1974.
1971	Inscription à l'Université de Moncton en septembre. Il y passera presque une année universitaire.
1975	Séjour à Montréal.
1976	Il déménage au 5, rue Dufferin, à Moncton.
1977	Il habite la rue du Souvenir, à Montréal. Emploi à l'Office national du film à la scénarisation et la réalisation de deux films : *La reconnaissance du chien* et *Pascal Poirier*.
1978	Membre fondateur de l'Association des écrivains acadiens.

1979 De retour à Moncton, il devient secrétaire-gérant du groupe 1755.

1980 Il participe à la fondation des Éditions Perce-Neige, une initiative de l'Association des écrivains acadiens. • Il est critique littéraire et musical à la première chaîne de Radio-Canada Atlantique, à Moncton. • Il participe au spectacle de poésie acadienne *La grande rumeur*, présenté dans sept régions acadiennes du 3 au 10 mai. • Séjour d'écriture dans la région de Caraquet, du 31 juillet au 24 août, où il donne sa forme définitive à son premier recueil, *Comme un otage du quotidien.*

1981 Publication de son premier recueil, *Comme un otage du quotidien,* aux Éditions Perce-Neige. • Lecture performance à la Bibliothèque nationale du Québec, Montréal, du 2 au 8 mars.

1982 Voyage à Paris, accompagné de Herménégilde Chiasson et Barry Ancelet. Il donne une conférence au Centre culturel de La Rochelle et une lecture-performance au Centre Georges-Pompidou, à Paris.

1983 Voyage à Kinshasa, accompagné de Rose Després, du 16 au 25 juillet. Il y donne des lectures et des conférences dans le cadre de la Semaine de la littérature Zaïre-Acadie. • Performance à Montréal, accompagné de Herménégilde Chiasson, dans le cadre de l'événement « Poésie : ville ouverte », en septembre et octobre. • Il présente le poème-performance « La noche de los tiempos », à Moncton, dans le cadre du Festival des métiers d'art.

1984 À la Galerie d'art de l'Université de Moncton, le 9 février, il participe à l'événement « Poésie caméléon », qu'il organise avec Rose Després. • Il participe au colloque *Les cent lignes de notre américanité*, à Moncton, du 14 au 16 juin. • Publication de *Géographie de la nuit rouge*, aux Éditions d'Acadie, de Moncton.

1985 Il déménage au 371, rue Lutz (appartement 5), à Moncton. • Lecture-performance au Théâtre de Caen, en France, en octobre. • Le numéro 12 de la revue *Lèvres urbaines, «Précis d'intensité»*, lui est consacré, ainsi qu'à Herménégilde Chiasson.

1986 Lecture-performance à Moncton, le 28 février. • Lecture-performance au bar Le Kacho de l'Université de Moncton. • Voyage à New York, du 10 au 17 avril. • Membre de la délégation d'artistes acadiens à l'Exposition universelle de Vancouver, en septembre. • Lecture de poésie au Studio Amiga. Visite au Mont Saint-Michel, en Normandie, accompagné de Herménégilde Chiasson, Rose Després et Dyane Léger, à l'occasion de la Semaine de la poésie. • Publication de *Lieux transitoires*, chez Michel Henry Éditeur, Moncton.

1987 Chroniques hebdomadaires à la radio et à la télévision de Radio-Canada Atlantique, à Moncton, au sujet de la musique contemporaine et du phénomène de la contre-culture des années 60. • Il participe à la Foire du Livre de Bruxelles, du 6 au 12 mars. • Il participe à la table ronde «Écriture et francophonie» au Centre Georges-Pompidou, à Paris, le 23 mars. • Séjour à New York, du 23 au 31 août.

1988 À titre de poète invité, il participe au Marché de la poésie de la Place Saint-Sulpice, à Paris, du 26 juin au 6 juillet.• À titre de poète invité, il participe au Festival international de poésie de Trois-Rivières, en octobre. • Publication de *L'extrême frontière*, aux Éditions d'Acadie.

1989 Il déménage au 110, rue Weldon, à Moncton (appartement 4, puis 6). Il y habitera jusqu'en 2002. • Poète invité et conférencier au Congrès international d'études francophones, Nouvelle-Orléans, du 11 au 16 avril. • Poète invité à la *IV Encuentro de poetas del mundo latino*, à Mexico, en décembre.

1990 Prix littéraire de la Ville de Moncton pour *L'extrême frontière*. • Il participe à la Nuit de ventôse au Centre culturel Aberdeen, à Moncton, le 24 mars. • Poète invité au Festival international de poésie de Trois-Rivières, en octobre.

1991 Il siège au conseil d'administration des Éditions Perce-Neige à titre de conseiller. Il le demeurera jusqu'en 1997. • Il participe, à titre de poète invité et accompagné de France Daigle, Raymond Guy LeBlanc et Dyane Léger, à une lecture bilingue lors de l'événement « *Writes of Spring* » à l'Université Saint-Thomas, à Fredericton, en mars. • Publication de *Les matins habitables*, aux Éditions Perce-Neige.

1992 Critique littéraire à la radio de Radio-Canada Atlantique, Moncton. • Lectures et conférences à Montréal et à l'Université York, à Toronto. • Membre du jury du prix du Gouverneur général du Canada, catégorie poésie. • À titre d'écrivain invité, il participe à une lecture publique dans le cadre du colloque des Sociétés savantes, à Charlottetown, en mai. Il y est en compagnie de Herménégilde Chiasson, Jo-Anne Elder, Raymond Guy LeBlanc et Dyane Léger. • Il participe à une soirée de poésie dans le cadre du 2e colloque de l'Association des professeurs de littératures acadienne et québécoise de l'Atlantique, à Fredericton, le 30 octobre. Il est en compagnie de Claude Beausoleil, Herménégilde Chiasson, François-Xavier Eygun, Martine Jacquot, Dyane Léger, Henri-Dominique Paratte et Maurice Raymond.

1993 Le Conseil des arts du Nouveau-Brunswick lui décerne le prix Pascal-Poirier de la province du Nouveau-Brunswick pour l'excellence dans les arts littéraires en français. • Séjour d'écriture, de janvier à mai, chez son ami Jean-Paul Daoust, écrivain en résidence à New York. • Voyage à Paris, Poitiers et Namur, du 12 au 25 mai. • Parution de *Complaintes du continent*, aux Éditions Perce-Neige de Moncton en coédition avec les Écrits des Forges de Trois-Rivières. • Collaboration avec Jean-Paul Daoust au numéro 24 de la revue *Lèvres urbaines* dont le thème est « De la rue, la mémoire, la musique ». • Parution de *Amazon Angel*, sa traduction de *Ange Amazone* de Yolande Villemaire, chez Guernica Editions de Toronto.

1994 Il reçoit le prix de poésie Terrasses Saint-Sulpice de la revue *Estuaire*, Montréal, pour *Complaintes du continent*. • Séjour à New York, du 9 au 17 mai. • Second séjour d'écriture à New York chez Jean-Paul Daoust, de juillet à octobre. • Poète invité au Festival international de poésie de Trois- Rivières, en octobre. • Il participe au Festival des littératures homosexuelles à l'Université du Québec à Montréal, du 17 au 22 octobre. • Il donne, avec Herménégilde Chiasson, une communication lors d'une séance intitulée « Paroles d'écrivain » au 4e colloque de l'Association des professeurs de littératures acadienne et québécoise de l'Atlantique, à Moncton, le 28 octobre.

1995 Parution de *Éloge du chiac*, aux Éditions Perce-Neige.

1996 Il donne une performance à la Galerie Sans Nom du Centre culturel Aberdeen, à Moncton, le 25 janvier. • Séjour à New York, printemps et été.

1997 Il devient directeur littéraire des Éditions Perce-Neige, à Moncton, poste qu'il occupera jusqu'à son décès, en 2005. • Voyage à Lafayette, en Louisiane, du 23 au 26 avril. • Publication de *Moncton mantra*, aux Éditions Perce-Neige. • Voyage à New York, de décembre au 2 janvier.

1998 Voyage à Bruxelles, Paris, Poitiers, Lyon et Grenoble pour une série de lectures et de conférences, du 16 au 24 mars.

1999 Voyage en France. Il participe à *L'été du livre* de Metz, au Récital international de la poésie, au Centre culturel canadien de Paris, et au Marché de la poésie de Paris, du 5 au 20 juin. • Voyage à Paris, Prague et Bratislava, du 16 au 30 mars. Il participe au Salon du livre de

Paris, et à l'événement «Étonnante Acadie», une vitrine d'activités culturelles et artistiques tenue à Paris en préparation du Sommet de la Francophonie de Moncton. • Séjour à Paris, du 14 au 21 juin. • Séjour en Louisiane, du 4 au 12 août. • Séjour à Prague, en septembre. • Il participe au Festival international de poésie de Trois- Rivières du 2 au 7 octobre. Il présente une performance mémorable, accompagné du groupe musical de Moncton Les Païens, le 7 octobre. • Il participe à une soirée de poésie en compagnie de 21 poètes d'Afrique, des États-Unis, de l'Ontario, du Québec et de l'Acadie dans le cadre du 9e colloque de l'Association des professeurs de littératures acadienne et québécoise de l'Atlantique, à Fredericton, le 22 octobre. • Parution de *Je n'en connais pas la fin*, aux Éditions Perce-Neige. • Publication, aux Éditions Perce-Neige (Moncton) et aux Écrits des Forges (Trois-Rivières), de *La poésie acadienne*, une anthologie qu'il a préparée avec Claude Beausoleil.

2000 Séjour à Prague, en avril. Il participe au Festival Spisovatelu Praha. • Il donne une communication intitulée «L'alambic acadien: identité et création littéraire en milieu minoritaire» dans le cadre du colloque *L'Acadie plurielle* tenu à l'Université de Poitiers, en mai.

2001 Il participe, avec Dyane Léger et François Paré, à la table ronde «Le rôle de l'éditeur dans les littératures de l'exiguïté», organisée par le Département d'études françaises de l'Université de Moncton, en février, pour souligner le 20e anniversaire des Éditions Perce-Neige. • Voyage à Paris et Avignon, du 13 au 25 mars. À titre d'écrivain invité et animateur d'ateliers de création littéraire, il participe à la Semaine d'études canadiennes de l'Université d'Avignon et des Pays de Vaucluse. • Il participe au Festival littéraire international Northrop-Frye, à Moncton, en avril. • Publication de *Le plus clair du temps*, aux Éditions Perce-Neige.

2002 Il est invité comme écrivain en résidence au Département d'études françaises de l'Université de Moncton, de septembre à février.

2003 Il participe à une soirée pour célébrer le 25e anniversaire du Centre Sainte-Anne, à Fredericton, le 15 mars. • Il déménage au 101, rue Archibald (appartement 3004) où il habitera jusqu'à son décès en 2005. • Il participe à une table ronde, avec France Daigle et Dyane Léger, dans le cadre du Colloque de l'Association des professeurs de français des universités et collèges du Canada, à l'Université Dalhousie, Halifax, le 31 mai. • Herménégilde Chiasson et Jo-Anne Elder se joignent ensuite à eux pour une lecture publique. • Acquisition du fonds Gérald Leblanc (1967-1999) par Bibliothèque et Archives Canada, Ottawa, en juin. • Il apprend à l'automne qu'il souffre d'un cancer. • Parution de *Géomancie*, aux Éditions L'Interligne d'Ottawa. Il s'agit d'une réédition, dans le collection Bibliothèque canadienne-française, de ses trois premiers ouvrages: *Comme un otage du quotidien*, *Géographie de la nuit rouge* et *Lieux transitoires*. La préface est signée Raoul Boudreau.

2004 Il participe à l'événement «Les écrivains acadiens à Lille», à l'occasion du 400e anniversaire de l'Acadie, et au Salon du livre de Paris. • Lecture solo à la marina de Cocagne au congrès de fondation de l'Association internationale des études acadiennes, en mai. • Il participe à une table ronde à l'Université Sainte-Anne, Pointe-de-l'Église (N.-É.), dans le cadre du Congrès mondial acadien, à l'été. • Parution de *Techgnose*, aux Éditions Perce-Neige.

2005 Il participe à une soirée de poésie au Cube des arts de la Faculté des arts de l'Université de Moncton, organisée par les étudiants du Département d'études françaises, le 22 février. • Voyage à Paris et à Bruxelles, en mars. • Dernière lecture publique au Café Graffiti, à Moncton, dans le cadre du colloque *Translating*

Canada en traduction: "The Margins Talk Back" / Les marges répondent, sous le thème «Réaliser les rêves: la traduction de la poésie acadienne en anglais», le 11 mars. • Dernière sortie publique. Il assiste au spectacle d'Édith Butler, au Théâtre Capitol de Moncton, en compagnie d'une amie, Charlette Robichaud, le 2 avril. • Soirée hommage à Gérald Leblanc au Centre culturel Aberdeen, à Moncton, le 23 avril, dans le cadre du Festival littéraire international Northrop-Frye où sont présents Jo-Anne Elder, Hélène Monette, Marc Poirier, Zachary Richard, Serge-Patrice Thibodeau et Élise Turcotte. Il ne peut y assister en raison de sa maladie. • Parution de *Poèmes new-yorkais*, aux Éditions Perce-Neige. • Décès, le 30 mai, à l'hôpital Dr-Georges-L.-Dumont, après deux ans de lutte contre le cancer. Funérailles en la cathédrale Notre-Dame-de-l'Assomption de Moncton, le 2 juin. Sont présents le premier ministre du Nouveau-Brunswick, l'Honorable Bernard Lord, quelques ministres et députés, et le lieutenant gouverneur, son Excellence Herménégilde Chiasson, qui lui rend un hommage émouvant. • Hommage à Gérald Leblanc au 6e Marché francophone de la poésie, à Montréal, le 4 juin. • Fredric Gary Comeau, Marie-Claire Dugas, Christian Roy et Serge-Patrice Thibodeau donnent une lecture à quatre voix du poème «mouvance», tiré du recueil *Géomancie*. • Un hommage lui est rendu lors de la Nuit de la poésie au Centre culturel canadien de Paris, le 22 juin. • Cérémonie officielle à Bouctouche au cours de laquelle on donne à la bibliothèque municipale le nom de Bibliothèque publique Gérald-Leblanc, le 4 août. • Soirée de poésie en hommage à Gérald Leblanc, avec la participation du groupe musical Les Païens, au Centre culturel de Caraquet, le 5 août. • Soirée-hommage à Gérald Leblanc, «Moncton en paroles: merci Gérald», au Théâtre l'Escaouette, à Moncton, dans le cadre du colloque *Cultures minoritaires et urbanité : explorations, théories et méthodes*, le 22 septembre.

2006 Première du film *L'extrême frontière, l'œuvre poétique de Gérald Leblanc* de Rodrigue Jean, à l'ouverture du Festival international de cinéma francophone en Acadie, suivie d'une soirée-hommage au Centre culturel Aberdeen, à Moncton, le 15 septembre. • Soirée-hommage lors du Festival international de poésie de Trois-Rivières, le 8 octobre. • Un hommage lui est rendu lors de l'événement « Je veille au salon » dans le cadre du Salon du livre de Montréal, le 17 novembre. En plus du maître de cérémonie Frédéric Gary Comeau, plusieurs poètes et écrivains sont présents, notamment Jean-Paul Daoust et Brigitte Harrison.

Cette biographie a été établie par Jonathan Roy pour « Gérald Leblanc Multipiste », numéro spécial de la *Revue de l'Université de Moncton* en hommage à Gérald Leblanc (vol. 38, n° 1, 2007, p. 193-201). La chronologie a été compilée grâce aux sources suivantes : des membres de la famille de Gérald Leblanc, ses sœurs Murielle et Rachelle, des amis, dont plusieurs artistes, écrivains et auteurs (Raoul Boudreau, Paul J. Bourque, Régis Brun, Laurent Comeau, Herménégilde Chiasson, Rose Després, Jo-Anne Elder, Roland Gauvin, Raymond-Guy LeBlanc, Charlette Robichaud, Léo Thériault et Serge-Patrice Thibodeau). L'archiviste Monique Ostiguy, dépositaire du fonds Gérald Leblanc à Bibliothèque et Archives Canada, a pu consulter certains documents, comme les passeports et les agendas, ainsi que plusieurs curriculum vitae de Gérald Leblanc, pour confirmer les dates de certains déplacements. Que tous ces informateurs soient sincèrement remerciés.

Plusieurs éléments de cette chronologie ne correspondent pas à ceux rapportés dans *Moncton mantra*. Même si ce roman est largement autobiographique, Gérald Leblanc y a librement modifié et aménagé les faits et les dates.

Bibliographie

Sur l'œuvre de Leblanc

Boudreau, Raoul et Anne Marie Robichaud, « Frontières de langues dans une littérature marginale : l'exemple de Gérald Leblanc » *Études canadiennes*, vol. 21, n° 39, décembre 1995, p. 153-163.

Boudreau, Raoul et Jean Morency (dir.), *Gérald Leblanc, multipiste, La revue de l'Université de Moncton*, vol. 38, n° 1, 2007.

Boudreau, Raoul et Mylène White, « Gérald Leblanc : écrivain cartographe », dans Marie-Linda Lord et Denis Bourque (dir.), *Paysages imaginaires d'Acadie. Un atlas littéraire*, Moncton, Chaire de recherche en études acadiennes, Université de Moncton, 2009, p. 40-57.

Bruce, Clint, « Gérald Leblanc et l'univers micro-cosmopolite de Moncton », *Études canadiennes*, vol. 31, n° 58, juin 2005, p. 205-220.

Caland, Fabienne Claire, « La cartographie acoustique de Gérald Leblanc », dans André Magord (dir.), *L'Acadie plurielle : dynamiques identitaires collectives et développement au sein des réalités acadiennes*, Moncton / Poitiers, Centre d'études acadiennes, Université de Moncton / Institut d'études acadiennes et québécoises, Université de Poitiers, 2003, p. 439-451.

Elder, Jo-Anne, « *Writing in a Foreign Tongue : Gérald Leblanc and Language* », *Port Acadie*, n° 1, printemps 2001, p. 129-153.

Lonergan, David, « Gérald Leblanc, poète de l'extrême frontière », dans Ghislain Clermont et Janine Gallant (dir.), *La modernité en Acadie*, Moncton, Chaire d'études acadiennes, Université de Moncton, coll. «Mouvange», 2005, p. 53-63.

Masson, Alain, «Écrire, habiter», *Tangence,* n° 58, octobre 1998, p. 35-46.

Masson, Alain, «Gérald Leblanc, poète moderne», dans Ghislain Clermont et Janine Gallant (dir.), *La modernité en Acadie*, Moncton, Chaire d'études acadiennes, Université de Moncton, coll. «Mouvange», 2005, p. 65-72.

Paré, François, «*Acadie City* ou l'invention de la ville», *Tangence*, n° 58, octobre 1998, p. 9-34.

Sur Moncton mantra

Comptes rendus

Elgaard, Elin, «Totally Zen», Atlantic Books Today, n° 34, automne 2001, p. 21.

Godin, André, «Le dilemme générique acadien: le cas Gérald Leblanc», *Le Front,* (Université de Moncton), 11 mars 1998, p. 12.

Lonergan, David, «Entre la pudeur et la parole», *L'Acadie nouvelle*, 10 mars 1998, p. 21.

Martel, Réginald, «Le registre de la nostalgie», *La Presse*, 24 mai 1998, p. B3.

Normand, M., «*Moncton mantra,* le boulevard des sentiments confus», *L'Hebdo Chaleur* (Bathurst), 5 mars 1998, p. 10.

Olscamp, Marcel, «Regards acadiens sur l'institution littéraire», *Spirale*, n° 163, novembre-décembre 1998, p. 3.

Poitras, Jacques, «*The Sun Also Rises on Acadie*», *Telegraph-Journal*, 21 mars 1998, p. 25.

Ricouart, Janine, «Lectures acadiennes», *Trois*, automne 1999, p. 216-225.

Analyses critiques

Leclerc, Catherine, «*Between French and English, Between Ethnography and Assimilation: Strategies for Translating Moncton's Acadian vernacular*», *TTR: traduction, terminologie, rédaction*, vol. 18, n° 2, 2005, p. 161-192.

Leclerc, Catherine, « Langues et traduction en équilibre : de *Moncton mantra* à *Moncton mantra* », *Revue de l'Université de Moncton*, vol. 38, nº 1, 2007, p. 107-138.

Leclerc, Catherine, « Ville hybride ou ville divisée : à propos du chiac et d'une ambivalence productive », *Francophonies d'Amérique*, nº 22, 2006, p. 153-165.

Pelletier, Lisa, « La quête de l'identité dans deux romans acadiens : *Le chemin Saint-Jacques* et *Moncton mantra* », mémoire de maîtrise, Fort Kent, University of Maine, 2002.

Richard, Chantal G., « La problématique de la langue dans la forme et le contenu de deux romans plurilingues acadiens : *Bloupe* de Jean Babineau et *Moncton mantra* de Gérald Leblanc », *Studies in Canadian literature/Études en littérature canadienne*, vol. 23, nº 2, 1998, p. 19-35.

Viau, Robert, « *Moncton mantra* ou le portrait d'une génération », *Port Acadie*, nº 4, printemps 2003, p. 13-21.

Entrevues et entretiens

Cormier, Pénélope, « Gérald Leblanc : sa poésie », *L'Acadie Nouvelle*, 4 juin 2005, (L'Accent acadien), p. 6.

Elder, Jo-Anne, « Gérald Leblanc, accompagnateur de sa traductrice », *Liaison*, nº 133, automne 2006, p. 9-11.

Jaimet, Kate, « *Creative Heights and Paranoid Depths* », *Telegraph-Journal*, 21 février 1998, p. D1.

Mousseau, Sylvie, « Le premier roman d'un "malcommode" », *L'Acadie Nouvelle*, 16 février 1998, p. 21, 23.

Mousseau, Sylvie, « Submergé par l'écriture », *L'Acadie Nouvelle*, 14 décembre 1999, p. 21.

Mousseau, Sylvie, « La fragilité de l'existence », *L'Acadie Nouvelle*, 21 février 2002, p. 21.

Mousseau, Sylvie, « Un nouveau regard sur l'œuvre de Gérald Leblanc », *L'Acadie Nouvelle*, 29 janvier 2004, p. 22.

Olscamp, Marcel, « La ville incertaine. Entretien avec Gérald Leblanc », *Spirale*, nº 167, juillet-août 1999, p 18.

Paquette, Denise, « Gérald Leblanc, écrivain », *Le Journal* (Université de Moncton), 14 février 1998, p. 12.

Savoie, Paul, « Un entretien inédit avec Gérald Leblanc », *Liaison*, nº 133, automne 2006, p. 6-8.

Smith, Frank et Fauchon, Christophe, « Pluriels dans la langue : entretien avec Gérald Leblanc », *Autrement*, nº 233, avril 2001, p. 86-89.

Divers

Lonergan, David, « Il cherchait à rendre *Les matins habitables* », *L'Acadie Nouvelle*, 25 juin 2005, (L'Accent acadien), p. 6.

Morin Rossignol, Rino, « L'Ami en allé », *L'Acadie Nouvelle*, 1er juin 2005, p. 13.

Thibodeau, Serge Patrice, « Éloge du bleu : projet pour un portrait de Gérald Leblanc », *Liaison*, nº 129, été 2005, p. 16-20.

Table des matières

www.ingramcontent.com/pod-product-compliance
Ingram Content Group UK Ltd.
Pitfield, Milton Keynes, MK11 3LW, UK
UKHW022011260726
13994UKWH00006B/2422

9 782894 232828